Hagemann: Die Pensionsspiele von Oberammergau

Bernhard Hagemann

DIE PENSIONSSPIELE VON OBERAMMERGAU

MORISKEN
VERLAG MUENCHEN

Besonderer Dank des Autors gilt Renate, Jim und Sonja
Reifferscheid sowie Christa von Bernuth.

Lektorat: Thomas Peters
Korrektorat: Theresia Riesenhuber
Satz: Peter Sommersgutter
Umschlag: Wolfgang Schütte, www.wolfe.de
Fotos: Bernhard Hagemann, bis auf Rückseite:
Gina Sanders / Adobe Stock
Druck: Print Group Sp. z o.o., Stettin

ISBN: 978-3-944596-23-5 (Print)
ISBN: 978-3-944596-24-2 (E-Book)

www.morisken-verlag.de

Für Sylvia

1. Am Anfang war der Ort

Das Alter kommt und mit ihm eine gewisse Lebens-
erschöpfung. Andere in diesem Zustand gönnen sich
eine Weltreise oder ein Sabbatical, oder sie verbinden
beides miteinander.

Wir wählten die Frühstückspension.

Eine Erbschaft hatte bei Carola eine Leidenschaft
geweckt, die ungeahnten Glanz in ihre Augen zaubern
konnte. Zu ihren täglichen Angewohnheiten gehörten
neuerdings Ausflüge auf Immobilien-Webseiten, um
Schlössern, Burgen, Pavillonarealen und anderen
unbescheidenen Hotelimmobilien ein Leben einzu-
hauchen, in dessen Mittelpunkt sie selbst stand. Immer
wenn ich das Gespräch auf ihr in Bezug auf die neuen
Verhältnisse doch etwas überzogenes Hobby lenkte,
leugnete sie. Aber ich wusste, wovon ich redete. Auch
mich betrachtete Carola stets als eine Art Immobilie,
die sie täglich mit neuem Leben füllt, von dem ich
vorher gar keine Ahnung hatte.

Was meine eigene Situation anging, wurde ein derart
krasser Wechsel unserer Lebensumstände erst vorstellbar, als meine Tage in der Auftragsfotografie zunächst
gezählt und dann vorüber waren. Mein letzter Kunde,
Onlineredakteur einer großen Tageszeitung, wollte sich
am Telefon noch einmal vergewissern, ob wir uns denn
richtig verstanden hatten. Nämlich, dass wir uns darüber einig seien, dass die Veröffentlichung meiner Fotos
eine schöne Eigenwerbung darstelle und ich insofern
kein Honorar beanspruche. Da mein Vermieter jedoch
garantiert kein ähnliches Geschäftsmodell akzeptieren

würde, musste ich zu meinem Bedauern ablehnen und begann, über Alternativen nachzudenken.

Die Idee eines Gästehauses in der Alpenregion kam mir gelegen, da ich mich an ein bemerkenswertes Kneipengespräch vor zwei Jahren erinnerte. Zu fortgeschrittener Stunde saß ich mit einem Devotionalienhändler aus Oberammergau an einer Bar, als er mich fragte, ob ich das Gefühl kenne, dass einem wegen der permanenten Handhabe von Kreditkarten das schweißnasse T-Shirt am Körper klebe. Darüber hinaus mache sich vom ständigen Rein und Raus der Kreditkarten in den Zahlungsterminal auch eine Sehnenscheidenentzündung im Handgelenk bemerkbar. Als Händler mit geschnitzten Kruzifixen und anderen katholischen Heiligenmotiven schilderte er mir seine Erlebnisse zu Zeiten der Passionsspiele, wenn der Ort im Ausnahmezustand, sprich: mit gläubigen Amerikanern überfüllt war. Menschenmassen vor jedem Geschäft und ständig müsse man die Kunden in den Warteschlangen beruhigen: »Please wait a second! Wait, you can pay quickly!«

Ich musste gestehen, dass mir dieses Gefühl als Fotograf noch nie begegnet war, ich es aber gerne kennenlernen wollte.

Das war der Stand der Dinge. Martialisch ausgedrückt: Ich war sturmreif geschossen und für Neues im Leben ›a gmahde Wiesn‹, wie man sich in dem Landstrich ausdrückt, in den es uns hin verschlagen sollte.

Mit einem Gästehaus verknüpften wir romantische Vorstellungen, für die Verfilmungen von Rosamunde-

Pilcher-Romanen vielleicht die trefflichsten weich-gezeichneten Bilder gefunden hatten. Roy Black in *Ein Schloß am Wörthersee*, der für jede gestrauchelte Seele warme Worte bereithielt, war ein weiteres Role Model. So stellte ich mir das Leben eines Hoteliers vor und so wollte ich sein. Menschen, die es aus verschiedenen Gründen zu uns verschlagen hatte, mit väterlichem Blick und wertvollen Ratschlägen zur Seite stehen. Ich wollte Roy Black sein – am liebsten mit einer Sehnen-scheidenentzündung im Handgelenk.

Ich wollte einen Kreditkartenarm!

Außerdem war ich als Jüngster von vier Geschwistern an Dienstleistungen gewohnt; ich war geradezu prä-destiniert.

»Schau doch mal, Simon!«, hatte Carola an einem schönen Frühlingstag ausgerufen und auf der Immo-bilien-Webseite mein Interesse auf ein recht wuchti-ges, jedoch endlich einmal bezahlbares Landhaus in Oberammergau gelenkt. Auf dem Foto zeichnete eine Reihe von Geranienkästen unter den Fenstern bunte Farbtupfer auf die ansonsten weiße Fassade. Auch ein paar Plaketten an den Wänden, die von zahlreichen Gastronomie- oder Tourismusverbandsmitgliedschaf-ten kündeten, sorgten für Buntes. Zwar war das Haus einigermaßen ansehnlich, doch fehlte beim ersten An-blick etwas Besonderes, das Begeisterung auslöste, und so konnte es genauso gut als schmucklos bezeichnet werden. Trotzdem war in dem Augenblick, als ich es auf Carolas Bildschirm sah, noch nie ein Mensch so entschlossen wie ich, sein Leben zu ändern.

Aus heutiger Perspektive ist es besonders Carola vollkommen schleierhaft, wie diese blendende Magie derart Besitz von uns hatte ergreifen können. Es muss wohl mit der Schönheit des Ortes zu tun gehabt haben und der wunderbaren Landschaft, mit den Bergen, die hinter Oberammergau wie riesige Saurierrücken aufsteigen und die den Eindruck vermittelten, Unheil vom Ort und seinen Menschen abzuhalten. Ein ähnlicher Schutzwall wie das Gelübde, mit dem die Oberammergauer im Pestjahr 1633 versprachen, alle zehn Jahre ein Passionsspiel aufzuführen, sofern der Ort nach den ersten achtzig Toten von der Pest befreit würde. Was tatsächlich auch geschah. Und nicht nur wurde der Ort augenblicklich von der Pest verschont, mittlerweile spülten die Passionsspiele alle zehn Jahre viel Geld in die Kassen der Einheimischen.

Zu den Attraktionen des Ortes gehörten auch die Lüftlmalereien an den Fassaden der geduckten Berghäuser, schöne Landschaftsbilder mit Ernte einbringenden Bauern oder biblische Motive wie Jesus auf dem Kreuzweg. Auch die Bewohner ließen auf den ersten Blick alles Abweisende vermissen, das man den Menschen aus Bergtälern gerne andichtet. Darüber hinaus beherbergte die ansässige Schnitzerschule eine Spezies von jungen Menschen, die man eher in meiner Jugend ansiedeln würde. Im Schlurfschritt durch den Ort schreitende, rastagelockte, junge Individualisten in Schlabberkleidung. Durchaus, der Ort hatte was Sympathisches!

Und er war ein Touristenmagnet. Schon auf der Fahrt zu unserem ersten Besuch spürten wir die hehre

Aura eines Neuanfanges, die wie ein diffuser Kokon Geheimnisvolles barg.

»Schau, ein Reh«, rief ich und deutete im Vorbeifahren auf ein Tier am Waldrand.

»Das ist doch kein Reh«, wandte Carola lachend ein. »Das ist eine Kuh!«

Ich beharrte auf dem Reh, Carola auf der Kuh.

»Schau, ein Traktor!«, rief Carola im Gegenzug und meinte einen eher zieh- als fahrbaren Untersatz, den man nur mit viel Fantasie für eine landwirtschaftliche Zugmaschine halten konnte.

»Das ist kein Traktor!«, entgegnete ich väterlich amüsiert. »Das ist ein Hänger!«

Carola beharrte auf dem Traktor, ich auf dem Anhänger.

Im Nachhinein betrachtet hätten wir diese Deutungsuneinigkeit als erstes Warnsignal für unsere Zukunft mit einem Gästehaus sehen können.

Taten wir aber nicht.

Denn mit dem gemeinsamen Ausruf: »Eine Scheune!« trafen wir übereinstimmend ins Schwarze. Eine Scheune war eine Scheune. An Interpretationsspielraum in Betrachtung einer Scheune war wenig geboten.

Dass wir uns immer noch für eine Scheune begeistern konnten, war ein Indiz unserer kindlichen Erregung und für die Besonderheit des Augenblicks.

Diese nun doch wieder für eine große Liebe sprechende Einigkeit zwischen Carola und mir hielt, bis wir in Oberammergau waren, beziehungsweise ein paar Tage nach Übernahme des Gästehauses.

2. Grünkraft

Kurz vor dem Kauf des Gästehauses hatten wir erfreulicherweise auch eine schöne Wohnung in einem Nachbarort gefunden, die wir sofort mieteten. Die Zeit bis zur Übernahme reichte gerade so für den Umzug. Danach ging es nahtlos über in die neue Welt der Frühstückspension.

Die Intensität, mit der das Neue unser gesamtes Dasein umkrempelte, bog das Raum-Zeit-Kontinuum, sodass ich bald schon das Gefühl hatte, bereits als Hotelier geboren worden zu sein. Allerdings als ahnungsloser.

Unser Geschäftsmodell sah vor, dass ich Carola als ihr Pächter einen monatlichen Betrag zu überweisen hatte, der neben den Betriebs- auch die Kreditkosten des Hauses abdeckte. Bei Unterschrift dieses eher gängigen Geschäftsmodells fühlte ich mich trotzdem wie ein gewiefter Steuerjongleur, der nun Teil des dienstleistenden Establishments geworden war. Mit Gewalt beanspruchte ich etwas von der Bauernschläue, die hier oben aus jeder Bergritze quillt.

Ich wollte einer von hier sein – a gstandnes Mannsbild, furchtlos zupackend – und kaufte mir in der Apotheke als Erstes eine Salbe gegen Sehnenscheidenentzündungen.

Bevor es für Carola und mich ernst wurde und wir auf uns alleine angewiesen sein würden, liefen wir eine Woche lang bei den Vorbetreibern mit, um uns in die Handlungsabläufe der Frühstückspension einweisen zu lassen. Und in unsere hochgespannte Erwartung mischte sich zunehmend Unsicherheit. Wie schneidet man im Hotelgewerbe das Brot, wie die Tomate, wie den Apfel? Wie werden Schinken, Wurst und Käse dargeboten? Nichts erschien uns selbstverständlich und wir glaubten an eine von der Innung überwachte Norm, die keine Abweichungen duldete.

Nicht ganz ohne Schuld an dieser Situation waren zweifellos auch die Vorbetreiber. Die Riedels, ein nettes älteres Paar, erweckten den Anschein, als öffneten sie uns mit ihrer Einführung die geheime Kammer eines unendlichen Erfahrungsschatzes. Vielleicht hatte unsere Verunsicherung auch mit Hildegard von Bingen zu tun, die ungefragt Pate für dieses Haus stand und für die Farbkomposition verantwortlich war, die man im Hause hatte walten lassen. Kurz: Mir war bis dato nicht bewusst gewesen, wie viele verschiedene Grüntöne es gab. Dieses Haus bot wirklich sämtliche Schattierungen. So gut wie aus allen Dingen stieg ›Bingens Grünkraft‹ auf.

Im Vergleich zu Carola, die mit so viel Grün nicht zurechtkam, hatte mich meine Kindheit gut darauf vorbereitet. Schon mein Vater hatte die Angewohnheit, alles in Grün zu tauchen, was einen neuen Anstrich benötigte. Auch das meiste in der elektrischen Eisenbahnwelt, über die mein Vater wie ein akribischer Schöpfer wachte, war grün. Grün sei die Farbe der Natur, pflegte er zu verkünden, das könne niemals falsch sein. Hier lag er vielleicht mit Hildegard von Bingen auf einer Linie, was im spirituellfeindlichen Nachkriegsdeutschland sonst eher rar gewesen sein dürfte. Die Farbe Grün war mir also vertraut.

Was bei Carola zu großer Irritation führte, weckte bei mir in gewisser Weise sentimentale Erinnerungen. Ein warmes Gefühl überkam mich beim Anblick grüner Tischdecken und grüner Servietten, grüner Stuhlkissen, grüner Vorhänge, grüner Tassen und Teller, grüner Kugelschreiber, grüner Eierlöffel.

Eigentlich hatten wir uns bei der Einführungswoche täglich abwechseln wollen, aber nach ihrem ersten Vormittag streikte Carola. Auf meinen Vorschlag, sich doch ihre alte Sonnenbrille mit den roten Gläsern aufzusetzen, die das Grün in Braun verwandelte, wollte sie nicht eingehen.

»Ich geh nicht mehr in diesen grünen Irrsinn«, beschied mir Carola ebenso knapp wie unwiderruflich und ließ mir für die restlichen Tage den Vortritt. »Das Erste, was ich machen werde, ist, das ganze Grün rausschmeißen.«

Am Morgen des vierten Tages stand die Einweisung ins Buchungsportal an, eine komplexe Angelegenheit, die Konzentration erforderte, und der ich mich nun alleine zu stellen hatte. Ich traf das Ehepaar Riedel beim späten Frühstück an. Das zelebrierten sie täglich, nachdem die Hotelgäste den Frühstücksraum verlassen hatten. Ich könne ja schon mal nach oben ins Zimmer 7 gehen, erklärten sie mir, und mir dort von Alyona zeigen lassen, wie die Zimmer geputzt werden. Einigermaßen verblüfft über diesen Vorschlag, wollte ich den Riedels jetzt aber keine unnötige Diskussion über meine Vorstellung einer würdigen Übergabe aufdrängen, auch war ich nicht scharf darauf, ihnen beim Frühstück zuzusehen. Also ging ich nach oben. Denn in die Geheimnisse der Zimmerreinigung eingeweiht zu werden, war wohl keine schlechte Idee.

Alyona, eine großgewachsene Weißrussin um die vierzig, war gekleidet, als sei sie auf dem Weg in eine Kleinstadtdisco der Achtzigerjahre. Ihre leuchtend blonden, halblangen Haare hatte sie mit einem geflochtenen Stirnband gebändigt, ihr Oberkörper steckte in einem engen, mit Goldapplikationen verzierten Top, und als Beinkleid trug sie eine hauteng Jeans, die in einer auffälligen Regelmäßigkeit gestonewasht war. Auf den ebenfalls goldfarbenen, hochhackigen Pumps maß Alyona geschätzte einmeterneunzig.

»Hallo Alyona!«, grüßte ich nach Betreten von Zimmer 7. »Geht es Ihnen gut? Ich bin Simon. Meine Frau und ich, wir werden das Gästehaus in Zukunft betreiben.«

Das Personal beim Vornamen nennen, gepaart mit einem distanzierten Sie, so stellten Carola und ich uns den Umgang mit Alyona und Scarlett, der anderen Hilfskraft, vor.

»Oh, gut Morgän! Ja, habä schon von Ihnän gähört.«

Mein Auftauchen überraschte Alyona nicht. Sie war gerade im Bad, wo eine Art Treibhausatmosphäre vorherrschte, und wischte mit einem Tuch die Duschwände trocken. Sie hielt inne und lächelte mich an.

»Lassen Sie sich nicht stören!«, sagte ich. »Ich wollte nur mal gucken, was hier so beim Putzen zu machen ist. Wo versteckt sich denn der Schmutz?«

Sie legte ihre Stirn in Falten und lachte kurz, dann schrubbte sie weiter.

»Sie mächtän Schmutz sähän? Und wissän, wie gäht mit Putzän?«, fragte sie.

Ich nickte zustimmend und fühlte mich etwas unwohl. Ich blickte mich kurz im Zimmer um. Meine Augen glitten über grüne Handtücher, grüne Bettwäsche, grüne Nachttischlampenschirmchen, einen grünen Sessel.

»Kommän Sie.« Alyona winkte mich ins Badezimmer. »Das ist Schmutz, Sie sähän?«

Sie öffnete den kleinen Badezimmermülleimer, der randvoll mit verbrauchten Hygieneartikeln aller Art war. Dann deutete sie auf Haarreste im Duschabfluss. Haare lagen auf dem Duschboden verteilt und klebten an der Innenwand der Duschkabine. Mir war sofort klar, dass ich lieber keinen Schmutz sehen wollte. Es war aber zu spät.

»Sie nähmän Haar mit Gummihandschuh«, begann Alyona ihren Schnellkurs. »Mit Gummihandschuh ist niechhht äklig. Dann nähmän Sie Mittäl hier *Badezimmer WC* und über Bodän wischän, dann wiedär Glanz. Klo äbänso. Erst WC-Mittäl rein, dann nähmän Sie Klobürste. Wänn niechhht gut riecht, dann nähmän Sie Spräy für Luft. Nähmän Sie auch Sagrotan, Mistär Propä auch gut. Manchmal WC-Tablättä über Nacht. Wenn nur deutscher Mann als Gast, dann niechhht viel Sagrotan drum härum. Deutscher Mann pinkäln in Sitzän. Belarus ist da niechhht so gut, weil in Belarus gibt es niechhht Mann, die pinkält im Sitzän. Belarus Diktatur. In Diktatur Männär pinkäln in Stähän. Märkel ist Demokratie und macht Männär Sitzenpinkäln …«

Dieser Aspekt des Sitzpinkelns war mir neu, und ich spürte den Impuls, Alyona zu zeigen, dass ein deutscher Mann gut und gerne mit einem kernigen Weißrussen mithalten konnte. Andererseits hielt ich es für keine passende Idee, als neuer Chef vor den Augen des Personals ausgerechnet in dieser Disziplin die weißrussischen Männer in ihre Schranken zu weisen.

»Belarusmann ist ein bisschän wie Tier in Brunft«, fuhr Alyona fort. »Rävier markierän. Nimmst du viel Sagrotan, alles einsprühän, dann wischän.« Sie wog den Kopf hin und her. »Ja, leider. Bei Belarusmann du aufpassän. Als Frau sowieso. Kannst du niechhht, wenn es dunkäl ist, alleine auf Straßä. Wirst du gleich, wie sagt man, päng...«, sie schlug mit der rechten Handfläche auf die Stirnseite der zur Faust geballten linken Hand, »... zärknallt?!«

»Zerknallt? Sie meinen ... vergewaltigt?!«

»Värgewaltigt, gänau. Dankä. Iechhh kann in Belarus, wo iechhh herkommä, kleine Stadt, niechhht so in Dunkäln laufän.« Sie zupfte an ihrem T-Shirt, zeigte auf ihre Schuhe. »Ist wie Ärlaubnis für Belarusmann für Zärknallen. Weiß auch nieeccht, abär in Belarus die Männär sind andärs. Sie pinkäln nur Stähän. Sie mussän haltän in Hand, was sie sind. Sind niechhht so feine Männär wie in Deutschland. Sie intäressierän sich niechhht für Kloputzän. Kein Belarusmann putzt Klo.« Sie lachte. »Das ist Unterschied zwischän Diktatur und Märkel. Und iechhh kann hier so laufän auf Straßä, ohne zärknallt wärdän. Glaubän Sie, ist niechhht gut in Belarus, hast du värgässän in Supermarkt und musst im Dunkäln noch ätwas kaufän. Ist hohär Preis für Stück Buttär.«

Ich erinnerte mich an einen Fernsehbericht über Weißrussland. An eine schöne Flusslandschaft mit vielen Seen und Sümpfen. Nette und gastfreundliche Menschen wurden gezeigt. Nichts in dem Bericht von dem, was mir Alyona soeben geschildert hatte. Es lag die Vermutung nahe, dass sie etwas dick aufgetragen hatte und es mit der Wahrheit nicht ganz so genau hielt. Dennoch würde ich Carola vorsichtshalber davon abhalten, abends ihre jugendliche Glitzerjacke anzuziehen, sollten wir demnächst einmal nach Minsk reisen.

Trotz Alyonas bedenkenswerten Ausführungen hatte ich mich schon seit einer gefühlten Stunde auf den Augenblick konzentriert, in dem sie Luft holen musste. Als es so weit war, schlug mein Ausruf wie eine Axt zwischen zwei Sätze.

»Aha, aha!«, machte ich eine Spur zu laut, doch wirkungsvoll.

»Aber bin weit wäg, was Sie wissän wollän. Sie wollän wissän, wie putzän. Für Bodän in Zimmär müssen Sie aufpassän und nehmen Mittäl für Laminat, nicht zu viel Wassär, sonst Laminat kaputt. Und immär auch in die Äckän. Niechhht värgässän!«

Sehr plötzlich gefiel mir das Gespräch nicht mehr. Alyona war eine sympathische Person, keine Frage, aber das änderte nichts daran, dass ich mir vorkam, als sollte ich als Neuling in einer Putzkolonne anfangen. Auch wenn ich gerne Hotelier war, so stand für mich von diesem Moment an fest, dass ich nie und nimmer putzen wollte. Und schon gar keine Klos. Da hielt ich es durchaus mit den weißrussischen Männern.

Mit einem Schritt rückwärts signalisierte ich verhalten meinen Abschied.

Dabei fiel mein Blick auf ein Überbleibsel auf dem Boden. Ich bückte mich, hob es auf und warf es in den noch nicht geleerten Papierkorb.

»Niechhht !«, rief Alyona. »Was machän Sie? Das war kein Schmutz, das ist grün.«

Sie eilte an den Papierkorb und fischte das kleine Etwas wieder hervor. Es war ein in grünes Zellophan eingewickeltes Wattestäbchen.

»Ist gut, wänn ich nähmä. Ist nicht mähr für Gast. War in Müll.«

Unter meiner Zustimmung steckte sie es in ihre Hosentasche, als Herr Riedel ins Zimmer kam. Das Grün seines Hemdes war eine Spur dunkler als der Schirm der Nachttischlampe, allerdings heller als das Zellophan des Wattestäbchens.

»Alles klar hier?«, fragte er. »Gehen wir ins Büro?«

Als ich später nach Hause kam, erwartete mich unser Versicherungsvertreter, der daran Gefallen fand, dass sich unser Leben um einen zu versichernden Bereich erweitert hatte. Damit ich mich nicht lumpen ließ, entwickelte er mit geradezu diabolischer Fantasie das Szenario eines übergewichtigen, klagefreudigen Amerikaners, der mit kompliziertem Splitterbruch am Fuß der frisch gewischten und deshalb möglicherweise rutschigen Treppe zu Fall gekommen war. Wie sollte ich da anders, als bei der Deckungssumme 20 Millionen einzuwilligen? Er reichte mir seinen Kugelschreiber. Ich unterschrieb. Die Tinte war grün.

Anschließend fiel ich neben der bereits friedlich schlummernden Carola ins Bett.

3. Die Wurstaufschnittschneidemaschine

Nur wenige Tage später wurde die *Berufsgenossenschaft Nahrungsmittel und Gastgewerbe (BGN)* auf uns aufmerksam. Ein blütenweißes Kuvert öffnete uns die Pforte zu einer nicht ganz freiwilligen Mitgliedschaft, die, wie sollte es anders sein, keineswegs gratis war. Neben allerlei Informationsmaterial beinhaltete es eine herzliche Begrüßung und die Aufforderung, an einem Lehrgang teilzunehmen, um die für das Führen einer Frühstückpension erforderliche Qualifikation zu erlangen.

Falls ich nicht binnen eines halben Jahres den Fernkurs belegte und einen beantworteten Fragenkatalog einschickte, würde ich einbestellt, um – selbstverständlich kostenpflichtig – auf meine Eignung geprüft zu werden. Die blütenweiß verpackte Deutlichkeit verfehlte ihre Wirkung nicht.

Ich hatte Respekt vor der BGN und wollte nicht zu einem Kurs geladen werden. Da Carola zum Einkaufen war, um dem allgegenwärtigen Grün zu entkommen, nutzte ich ihre Abwesenheit, um mich durch die wenig erquickliche Onlinepräsentation der Berufsgenossenschaft zu klicken. Ratschläge für glückliche Mitarbeiter und zufriedene Unternehmer interessierten mich genauso wenig wie eine verrutschte Rohrmanschette, die zu einem Mühlenbrand geführt hatte. Nach einer quälenden Ewigkeit in den Tiefen des biederen Onlineauftrittes landete ich auf dem für mich vorgesehenen Fragenkatalog für Gastrogewerbe und Hoteliers.

Die hier aufgeführten Fallbeispiele erinnerten mich

an meine Verhandlung als Kriegsdienstverweigerer, als ich einer mehr oder weniger senilen Truppe von Juroren erläutern musste, wie ich als Krankenpfleger mit einem patientenmordenden sowjetischen Ungeheuer zu verfahren gedachte. Als Antwort hatte ich damals eine Schilderung zum Besten gegeben, in der ich mir aus Bettschüsseln eine Rüstung gebastelt hatte, aus deren Deckung heraus ich mit allerlei Krankenhausutensilien nach dem sowjetischen Angreifer warf: mit Geschirr, mit überdosierten Beruhigungsspritzen oder mit Stühlen. Und mit Mullbinden hätte ich den Feind dann zu fesseln versucht. Der Jury war Genüge getan. Da war einer gestanden, der sich keiner unterlassenen Hilfeleistung schuldig machen wollte.

Ohne Gefahren ging es auch bei den Fallbeispielen des BGN nicht. Mir fiel die Gewichtung auf: Etwa vierzig Prozent der Präzedenzfälle handelten von der Handhabe einer Wurstaufschnittschneidemaschine, die meine vegetarischen Wege bisher nie gekreuzt hatte. Ich hätte nicht gedacht, dass das Hotelgewerbe so eng mit einer Wurstaufschnittschneidemaschine verknüpft war. Keine Folge von *Ein Schloss am Wörthersee* hatte sich diesem augenscheinlich wichtigen Utensil gewidmet. Wieder ein Beispiel dafür, wie wenig die Fiktion mit der Realität zu tun hatte. In meiner Fantasie reiste eine schöne Frau mit ihrem lungenkranken Kind an, dem ich die Wunder der Bergwelt zeigte und zu neuem Lebenswillen verhalf. Richtig Wurst aufzuschneiden, spielte in meinem Szenario keine Rolle.

Aber ich hatte verstanden. Über meiner Eignung zum Gästehausbetreiber schwebte wie ein Damoklesschwert das scharfe Blatt einer rotierenden Wurstauf-schnittschneidemaschine. Ich begann mit meinem Fernkurs.

Sie beobachten, wie Ihre Angestellte in der Küche die Tomaten mit der Wurstaufschnittschneide-maschine schneidet.
O *Richtig*
O *Falsch*

Die bereits bei der ersten Frage schlagartig einsetzende Nervosität bereitete mir Kopfzerbrechen. Schon sah ich meine Eignung in Gefahr. Was sollte das Beispiel? Hier wurde lediglich eine Szene beobachtet. Wie konn-te allein die Beobachtung richtig oder falsch sein?

Wie in einem vorabendlichen Fernsehquiz erlaubte ich mir eine Bedenkzeit und übersprang den ersten Fall, um später wieder auf ihn zurückzukommen.

Sie möchten in der Küche den Wurstaufschnitt vorbereiten. Das Messer an Ihrer Wurstaufschnitt-schneidemaschine ist abgenutzt und Sie wollen es wechseln. Sie ziehen den Netzstecker und benutzen Schutzhandschuhe beim Entfernen des Messers.
O *Richtig*
O *Falsch*

Schon einfacher. Zwar fehlte mir die Erfahrung in der Handhabe einer Wurstaufschnittschneidemaschine, doch appellierte das Fallbeispiel offensichtlich an die Vernunft und jonglierte geschickt mit dem Phänomen der rhetorischen, quasi sich selbst beantwortenden Frage.

War doch sonnenklar: Wenn Schutzhandschuhe vorhanden sind, dann müssen sie auch zum Einsatz kommen. Siegessicher ließ ich mich von meiner Textinterpretation leiten und kreuzte *Richtig* an.

Augenblicklich wuchsen mir Flügel im Beantworten von Fragen zum Gebrauch einer Wurstaufschnittschneidemaschine.

Beim Saubermachen in der Küche wird unter größter Vorsicht ein nasses Reinigungstuch an das kreisende Messer gehalten, um die Wurstaufschnittschneidemaschine zu reinigen.
O *Richtig*
O *Falsch*

Ich erkannte hier sofort die Absicht, den Probanden hinters Licht zu führen. Eben noch ging es nicht ohne Wurstaufschnittschneidemaschinenschutzhandschuhe und nun sollte ein feuchtes Tuch ausreichen, das zur Reinigung gewagt an ein kreisendes Messer gehalten wird?

Warum musste ich plötzlich an die Französische Revolution denken? Vielleicht wegen der Nähe des Begriffs Fallbeispiel zu den Fallbeilspielen um 1794.

Während ich mich fragte, wie man das damals mit dem Reinigen dieser Halsschneidevorrichtungen hielt, ob man der Bequemlichkeit halber dazu neigte, ohne Fallbeilschutzhandschuhe lediglich einen feuchten Lappen an das herabfallende Messer zu halten, vielleicht ein tränengetränktes Hinterbliebenentaschen-tuch, kreuzte ich *Falsch* an. Ist doch klar!

Mit Verve stürzte ich mich in die nächste Aufgabe.

Oft haben Sie schiefe Reststücke wie zum Beispiel Fleischkäse zu schneiden. Wenn das Reststück zu klein ist, um es im Restehalter sicher zu führen, ver-werten Sie es auf andere Weise.
○ *Richtig*
○ *Falsch*

Gewiss doch verwerte ich den Fleischkäse anders. Ich schicke ihn an die VGFK (Verwertungsgesellschaft Fleischkäse)! *Richtig.*

Eine Wurstaufschnittschneidemaschine ist sehr teuer. Da Sie eine Maschine selten gebrauchen, behelfen Sie sich einstweilen mit einer Haushalts-maschine.
○ *Richtig*
○ *Falsch*

Liebe BGN, Witzle gemacht? Billig ist im Zweifelsfall immer falsch, das weiß doch jedes Kind. Also: *Falsch.*

Mein Zustand steigerte sich von einem Grad der Er-regung zum nächsten. Mittlerweile war ich davon überzeugt, der ideale Gästehausbetreiber zu sein. Doch neben diesem Gefühl der Überqualifikation begann ich allmählich die Ehrfurcht vor dem Fragenkatalog zu verlieren. Ich fühlte mich nicht mehr ernst genommen.

Die Fallbeispiele rutschten auf das Werbepausenniveau von RTL ab. Sie bekamen Ähnlichkeit mit der Publikumsfrage mit Gewinnchance während einer Formel-1-Übertragung:

Wer ist der erfolgreichste deutsche Automobilrennfahrer?
A: Michael Schuhmacher
B: Uschi Glas

Immer wenn Sie Reste schneiden wollen, kommen Ihre Finger gefährlich nahe an das Messer. Die Reste sind so klein, dass sie nicht mehr mit dem Restehalter gehalten werden können. Sie passen auf, dass Sie sich nicht in die Finger schneiden.
○ Richtig
○ Falsch

Nein, liebes BGN, ich passe nicht auf, sondern strecke mit meinen Fingerkuppen die Fleischkäseportion. *Falsch.*

Plötzlich fehlte mir die Laune, mit dem gebotenen Ernst auf weitere Fragen einzugehen, als mich eine innere Stimme auch schon wieder zur Wachsamkeit mahnte. Was, wenn hinter dieser Dramaturgie Absicht steckte?

Womöglich spekulierte die BGN mit dieser eintretenden Ermüdung eines Probanden. Stellte sie hier nicht die Professionalität des Kandidaten auf die Probe? Erst recht die eines vegetarischen, der bei Fleischkäse ohnehin gegen einen Fluchtimpuls anzukämpfen hatte? Ein Test für sein Durchhaltevermögen, weiterhin konzentriert bei der Sache zu bleiben? Vielleicht trennte die BGN auf diese heimtückische Art die Betreiberspreu vom Betreiberweizen? Die Fleischkäsereste vom Fleischkäse?

Ich sollte auf der Hut sein!

Wieder gefasst, ging ich über zum Themenbereich Gehen und Transportieren.

Sie haben eine neue Köchin, die für viele Tätigkeiten eine Leiter benötigt. Sie schicken die Köchin in den Keller, die Leiter zu holen, ohne sich selbst von der Sicherheit der Leiter überzeugt zu haben.
○ *Richtig*
○ *Falsch*

Wie mit der Wurstaufschnittschneidemaschine war auch mein Erfahrungsschatz mit kleinwüchsigen Köchinnen eher gering. Überdies glaubte ich nicht, dass für eine Frühstückspension eine Köchin unbedingt erforderlich war. Das würde Carola niemals zulassen, dazu kochte sie selbst viel zu gut. Und für den Fall, dass ich eine Köchin benötigte, würde meine Wahl wohl eher nicht auf eine fallen, die eine Leiter zu Hilfe nehmen musste, um auf der Arbeitsfläche Kartoffeln schälen zu können.

Womöglich zeigte sich hier wieder meine Ahnungslosigkeit, was das Dienstleistungsgewerbe betraf. Gut vorstellbar, dass gerade im internationalen Hotelgewerbe die weisen Damen und Herren der EU ihre Finger ein bisschen mehr im Spiel hatten als ohnehin schon in unserem täglichen Leben. Eventuell musste man pro großgewachsenem Angestellten auch einen kleingewachsenen vorweisen können. Vielleicht lag es ja daran, dass mir Alyona auf ihren Stöckeln wie eine Riesin erschien? Und deswegen auch Scarlett das ganze Gegenteil? Während Alyona an eine großgewachsene Volleyballerin erinnerte, war Scarlett eher als klein und etwas dicklich zu beschreiben. Auch blieb sie mit T-Shirt und Jeans modisch hinter Alyona zurück. Zeigte sich bei unseren Arbeitskräften etwa das Wüten der Globalisierung?

Ihre Köchin klagt häufig über Rückenschmerzen am Ende des Arbeitstages, weil sie am Herd oft gebückt arbeiten muss. Sie bemerken dies und lassen sich durch einen Betriebsarzt beraten.
○ *Richtig*
○ *Falsch*

War die Köchin gerade noch kleinwüchsig und brauchte für alles eine Leiter, schien hier aufgrund ihrer Größe die Arbeitsfläche zu niedrig zu sein. Mein Globalisierungsverdacht erhärtete sich.

Mit Sicherheit hatte der Verfasser der Beispiele die Extreme vor Augen: Der holländische Mann ist im weltweiten Vergleich mit einer durchschnittlichen Größe von 1,83 m der größte Mensch der Welt. Auf der anderen Seite ist die bolivianische Frau mit durchschnittlichen 1,42 m die kleinste.

Jetzt mal angenommen, im Personal tummelt sich ein in seiner Freizeit basketballspielender, holländischer Koch mit einem den Durchschnitt sprengenden Körpermaß von 2,15 m. Ihm zur Seite ist eine limbobegeisterte bolivianische Kalte Mamsell von 1,31 m.

Wie sollte man denn die Differenz von über 80 cm dauerhaft ausgleichen?

Allein der Standort der Wurstaufschnittschneidemaschine würde mich vor ein unlösbares Problem stellen. Nicht auszudenken, was eine Hebe- und Senkvorrichtung für dieses Küchengerät kosten würde!

Es hatte keinen Sinn, ich musste eine Pause einlegen, vielleicht die Bearbeitung auf den nächsten Tag verschieben.

Passend zu meinem Vertagungsentschluss kam Carola von ihren Einkäufen zurück. Wie nach einem erfolgreichen Raubzug zeigte sie mir voller Stolz ihre Beute. Neben Seifenschalen, Kaffeetassen, Handtuchhaltern und anderen Kleinigkeiten – nie waren Dinge weniger grün – erregte ein großer viereckiger Karton meine Aufmerksamkeit. Die Fotografie auf der Verpackung ließ keinen Zweifel zu.

»Schau, was ich hier hab!«, sagte Carola und strahlte mich an. »Hab ich mir immer gewünscht.«

Sie öffnete den Karton und zu meiner Verblüffung zog sie eine Wurstaufschnittschneidemaschine heraus, von der ich sofort wusste, dass sie bei meinen neuen Freunden von der BGN schon wegen der geringen Größe missbilligendes Kopfschütteln auslösen würde.

»Nanu?«, sagte ich. »Brot schneiden?« Ich mimte den Ahnungslosen.

»Ja, auch«, lachte mich Carola an. Und dann hörte

ich zum ersten Mal in meinem Leben das Wort ausgesprochen, das die letzte Stunde meines Daseins bestimmt hatte. »Das ist eine Wurstaufschnittschneidemaschine.«

Schlagartig jagte mein neues Wissen durch die Synapsen meines Gehirns. Was hatte ich nicht alles gelernt in meinem bisher einstündigen Fernkurs. Und wie entsetzlich eitel bin ich veranlagt, dass ich mit dem Wissen prahlen wollte, obwohl ich wusste, dass es hier und jetzt Konfliktstoff barg – doch ich konnte nicht anders!

Wie von selbst lösten sich die Worte von meiner Zunge: »Das ist aber eine normale, günstige Haushaltsmaschine, oder?«, fragte ich. »Keine fachlich ausgewiesene Wurstaufschnittschneidemaschine?«

Carola sah mich an, als troff mir die Lauge meiner BGN-Gehirnwäsche noch aus den Ohren.

»Häh?«, machte sie. »Klar, das ist eine Haushaltsmaschine. Was glaubst du denn? Von einer Schiffswerft?«

Ich wollte das Gespräch auf ein anderes Thema bringen, aber in meinem Betreiberkosmos gab es das nicht mehr.

»Wo, bitte, willst du sie platzieren, um den Höhenunterschied von 80 cm auszugleichen. Heute auf dem Kühlschrank, morgen auf dem Mülleimer?«

»Höhenunterschied? Was ist denn mit dir los? Die stelle ich da hin.«

Mit einer vagen Bewegung ihrer Hand deutete sie auf einen Platz auf der Arbeitsfläche gleich neben der Küchentür – und schon stand die Maschine dort.

»Und wo willst du hier die Leiter für die Bolivianerin aufstellen?«, fragte ich.

»Was für eine Bolivianerin? Spinnst du?!«

Carola hatte recht.

Ich sponn.

4. Ganz in Weiß

Nach einer Woche hatten Carola und ich den ersten Burn-out. Wir haderten mit dem Gedanken, ob das Sabbatical oder die Weltreise vielleicht doch die bessere Wahl gewesen wären. Die Riedels waren in weiter Ferne und wir wie Jungvögel, die scheinflügge aus dem Nest gefallen waren. Orientierungslos taumelten wir von einem Tag zum nächsten. Zudem zeigte sich, dass ich meine entzündungshemmende Salbe, die ich vorsorglich für den erhofften Kreditkartenarm gebunkert hatte, vorerst nicht brauchen würde.

Was unseren Wagemut anging, als Quereinsteiger eine in der Hochsaison ausgebuchte Frühstückspension zu übernehmen, waren die Bewunderer in unserem Freundeskreis deutlich in der Überzahl. Neunzig Prozent von ihnen hegten ähnlich romantische Vorstellungen wie auch wir anfänglich. Wie sich herausstellte, hatte beinahe jeder schon mal mit dem Gedanken geliebäugelt, eine kleine Pension zu führen. Zwei der Realisten in unserem Freundeskreis, die uns bedauerten, hatten hundert Prozent Erfahrung in der eigenen Familie gesammelt. So gestand uns Elisabeth, ihre Tante habe ein solches Ansinnen mit der Äußerung quittiert, ein Gästehaus sei wie ein Bauernhof mit unentwegt kranken Kühen. Das mag jetzt ein wenig despektierlich gegenüber unseren Gästen klingen, traf aber den Kern der Sache. Es gab schlicht keine Freizeit mehr. Es gab nur noch Dienstleistung. Es gab nur noch Kümmern.

Carola hatte nun doch ihre rote Sonnenbrille aufgesetzt, ertrug jedoch bald schon nicht mehr das damit im Haus vorherrschende Braun. Um den grünen Farbton schleunigst zu beseitigen, wie eigentlich geplant, fehlte schlichtweg die Zeit.

Obwohl wir beide uns als ein modernes, aufgeschlossenes Paar sehen, bedienten Carola und ich plötzlich längst überholte Rollenbilder. Als hätte uns die ausufernde Arbeit auf den Grund einer atavistischen Ursuppe getaucht, beanspruchte Carola die Wäschehoheit, während ich mich dem Austausch defekter Glühbirnen sowie verstopften Abflüssen und tropfenden Wasserhähnen widmete.

In Sachen Hotelwäsche hatte Carola bei Frau Riedel einen eintägigen Pflegeworkshop absolviert. So wusste sie alles über Laken und Bezüge, den Einsatz von Desinfektionsmitteln, wie man mit Allergikerwäsche umzugehen hatte, was wie zu bügeln war und nach wie vielen Tagen die Wäsche eines Dauergastes gewechselt wurde.

Aufgrund unseres steuerlichen Modells war Carola vermutlich weltweit die einzige Hausbesitzerin, die im Keller ihres Pächters ohne Tageslicht unentgeltlich die Wäsche versorgte.

Als ich sie an ihrem neuen Arbeitsplatz besuchte, lernte ich von ihr den Begriff Seersucker. Was ich anfänglich für eine Eliteeinheit einer angelsächsischen Kampftruppe hielt, entpuppte sich bald als Gewebeart, die das zeitaufwendige Bügeln einsparte. Seersucker präsentierte sich mit gewolltem Faltenwurf, der durch keine Nachbehandlung der Welt geglättet werden konnte. Die unebene Oberfläche eines Bettbezuges war pure Absicht. In meinen Kindertagen hätten meine kleinen Soldaten in den Schützengräben und Erdwällen der Bettwäsche ideale Deckung vorgefunden, meine Autos schattige Parkplätze. Als schlafender Erwachsener bevorzugte ich dergleichen nicht, da schätze ich glatte Oberflächen. Aber dass man mit Seersuckerwäsche in einem Gästehaus das zeitaufwendige Bügeln einsparte, überzeugte mich.

Während Carola die ersten Tage im Keller verbrachte, hatte ich auf der sonnenhellen Erdoberfläche tatsächlich ein paar Roy-Black-Augenblicke. So konfrontierten mich bald nach unserer Berufung als Betreiber einer Pension in ländlicher Idylle – ich schob gerade die Mülltonne von der Straße an den ihr angestammten Platz zurück – die Lechners, ein zu einer Bergwanderung aufbrechendes Gästepaar aus Dortmund, mit der Frage, welche nicht allzu schwierige Wanderung ich ihnen empfehlen könne, die nicht ausschließlich durch den Wald führte, neben Sonne hin und wieder auch Schatten böte, gerne mit einer Bahn bergauf und zu Fuß hinunter.

Im Gegensatz zu den einheimischen Gästehausbetreibern, denen jeder Winkel der Ammergauer Alpen vertraut ist, verfügte ich zu Beginn unserer Tätigkeit über keinerlei Kenntnisse der gängigen Ausflugsziele. Was ich fürs Erste auch nicht durch intensives Namensstudium der umliegenden Berge kaschieren konnte. Damit nicht genug, düpierten mich einige Gäste, die nicht zum ersten Mal in diese Gegend kamen, mit Fragen nach Regionalem. Mit sichtlicher

Freude belehrten sie mich mit ihrem Stammgastwissen, vielleicht, um mir gegenüber nicht als Neuling zu erscheinen, der in Wahrheit ich war.

Die Lechners standen zünftig mit Rucksack und Wanderstöcken marschbereit, als sie mich nach der Route fragten. Carola, mit der Wäsche beschäftigt, wurde bei geöffnetem Kellerfenster Ohrenzeugin, wie ich jovial mit meiner Stimmlage ins Roy-Black'sche Samtsäuseln rutschte.

Unter unendlichen Anstrengungen versuchte ich, mir auch ein Grübchen ins Kinn zu lächeln und flötete so einfühlsam es ging, dass ich da was ganz Besonderes hätte. Damit meinte ich nicht mein Hemd, das mir schweißnass am Rücken klebte.

»Warten Sie eine Sekunde«, bat ich und verschwand im Haus in wachsender Erregung. Mein Blutdruck stieg. Wo war Scarlett, die sich im Gegensatz zu Alyona (»Gähe nicht in Bärgä. Wärdä schwindälig«) ganz gut in der Gegend auskannte? Ihren Namen flehentlich durchs Haus zu rufen, kam nicht infrage – ich bin schließlich nicht Rhett Butler.

Keuchend fand ich Scarlett im ersten Stock, wo sie auf ihre eigenwillig langsame Art den Flurboden wischte, als wollte sie ein Kind in den Schlaf wiegen.

»En Weech mid un oohne Schaddn? Nu gloar: dor Laaber!« sächselte sie mir ihre Ortskenntnisse zu. »Die schiggn Se uffn Laaber un dann gehn se den Weech nunder. Viel Schaddn is da keener, aber es wehd e kühls Lüftl. Un ä Bier gammer in dor Hüdde oh noch zischen.«

»Sie meinen den Laber? Mit der Bahn bergauf und zu Fuß hinunter?«

»Nu gloar: dor Laaber!«

Wieder die Treppe hinunter zum Vorplatz, memorierte ich Scarletts Empfehlung unter Auslassung des Dialekts und schnappte mir im Vorübergehen vom Empfang noch einen Infoprospekt, der meine Empfehlung noch unterstreichen sollte.

Die Lechners bedankten sich überschwänglich für diesen Service, steckten den Prospekt in den Rucksack und brachen zu ihrem Ausflug auf.

Es war etwa halb zehn am Morgen und noch nicht alle Gäste waren zum Frühstück erschienen, als Carola aus dem Keller auftauchte und eine Abwechslung brauchte. Sie wollte sich um das leibliche Frühstückswohl der noch verbliebenen Gäste kümmern und begrüßte ein junges, mit dem Zug angereistes schwedisches Paar. Er ein in makelloses Weiß gekleideter Künstler, sie seine ihn anhimmelnde junge Freundin. *Ganz in Weiß* ... ja, da war er wieder im Geiste, mein viel zu früh verstorbener Mottogeber Roy Black. Das schwedische Paar war wegen seiner Vorliebe für König Ludwig II. nach Oberammergau gekommen und wollte am nächsten Tag das nahegelegene Schloss Linderhof besuchen. Der heutige schöne Sonnentag aber sollte zum Schwimmen im schicken Freibad vor malerischer Bergkulisse genutzt werden.

Vom Flur aus hörte ich, wie Carola im Gespräch mit den schwedischen Touristen in unserer neuen Disziplin, dem Gästehaus-Englisch, glänzte.

»But we have in Bavaria very nice lakes!«, konterte sie der schwedischen Frage nach dem Weg zum Freibad.

Carola hatte recht. In der Umgebung gab es eine Anzahl wunderbarer Seen, die jedem Freibad vorzuziehen waren. Ohne Auto aber waren sie kaum zu erreichen, glaubte ich. Nach Saulgrub allerdings führt eine Eisenbahn. Unterhalb des Ortes in einer gewissen Entfernung liegt das Nachbardorf Bad Bayersoien mit seinem See, den wir bereits zur feierabendlichen Erfrischung genutzt hatten. Als ich nun hörte, wie Carola diesen See mit seiner öffentlichen Verkehrsanbindung pries, wurde mir bange. Den von ihr empfohlenen abschließenden Fußweg kannte ich nicht, hielt ihn nach ihrer Beschreibung aber für möglich. Mit dem Auto ist es von Saulgrub zum See ein gutes Stück Weg, eine Abkürzung durch den Wald war durchaus denkbar.

»You go by train to Saulgrub, a small village nearby here«, hörte ich Carola erklären. »And there is a walk down to the nice lake. Maybe King Ludwig used this water for a refreshing bath. Not to die, but to swim.« Carola lachte über ihren Witz.

»Really?«, staunte der Ludwig begeisterte schwedische Künstler.

»Maybe«, wiederholte Carola.

Ich hätte nicht den Mut gehabt, diese Empfehlung auszusprechen, wollte allerdings auch nicht warnen. Die Ortskenntnisse der Hausherrin vor den Gästen infrage zu stellen, war nicht gerade vertrauenerweckend. Vielleicht gab es diesen Weg ja. Jedenfalls stimmte die Aussicht auf einen schönen bayerischen See, in dem womöglich schon König Ludwig Erfrischung gesucht

hatte, das junge Paar um. Sie verzichteten auf das Freibad und wollten zum See.

Als sie aufgebrochen waren, zweifelte ich Carolas
Vorschlag doch noch an.

»Bist du dir sicher mit dem Weg?«, fragte ich vorsichtig.

»Wir haben den Weg doch gesehen. Beim Bahnhof
geht der da weg«, antwortete Carola mit schnippi-
schem Unterton. »Nicht nur du kannst Empfehlungen
aussprechen, mein Lieber.« Sie gab mir einen Kuss und
verschwand wieder in den Keller.

»Ich kenne das Bahnhofsgelände nicht«, rief ich ihr
hinterher und wusste, dass auch Carola dort noch nie
aus dem Zug gestiegen war.

Den restlichen Tag verbrachte ich beim Rechnungs-
schreiben im Büro, wo mir die Kühle des Zimmers
sehr gelegen kam. Die Schweden waren aus meinem
Sinn und mit Sicherheit am See gelandet. Sie werden
es schon geschafft haben. Im Dreißigjährigen Krieg
sind sie weiter nördlich ja auch mit der Gegend klar-
gekommen.

Am Nachmittag kehrten die Lechners wieder in die
Pension zurück. Sie waren ein wenig gezeichnet, aber
glücklich.

»Sehr schöner Tipp«, lobten sie mich. »Der Weg zwar
sonnig, doch gab es auch Schatten und die Hütte auf
halben Weg war sehr romantisch. Das Bier ein Ge-
nuss!«

Ich lachte, säuselte was vom schönen Wetter und
machte mich, kaum dass die Lechners im Haus verschwunden waren, daran, auf dem Garagenvorplatz

störendes Unkraut aus dem Kies herauszuzupfen. Da sah ich aus den Augenwinkeln zwei Gestalten auf die Pension zusteuern. Bei näherer Betrachtung erkannte ich das schwedische Paar. Die Szene hatte etwas Filmisches: Zwei Überlebende eines Flugzeugabsturzes im ewigen Sand der Sahara hatten wie durch ein Wunder und am Ende ihrer Kräfte den Weg in die Zivilisation zurückgefunden. Das ehemals makellose Weiß des Künstlers war nun fleckig, wohl von Schweiß, und die Hose zerknittert. Die Freundin wirkte dehydriert. Ihre blonden Haare klebten schmucklos am hochroten Kopf. Beider Gesichter glänzten, die Münder standen offen, der Schritt hatte jede Eleganz eingebüßt. Schwankend beanspruchten sie die ganze Breite des Gehsteiges.

Am Gästehaus angekommen, wechselte der Gesichtsausdruck des Künstlers mehrmals angestrengt, bis er zu einem fratzenhaften ernsten Ausdruck einfror. Erschöpft blieb er vor mir stehen, unsere Gesichter waren nur ein paar Zentimeter voneinander getrennt. Und zwischen seinen ausgetrockneten Lippen raunte er mir zu: »There was no lake.«

Wenig später hörte ich auf ihrem Zimmer die Schranktüren knallen und sah sie kurz darauf mit frischen Handtüchern wieder nach draußen, in Richtung Freibad eilen.

5. Der Schamane

Der Schamane hatte lange schwarze Haare, war schlank, ohne ein Gramm Fett zu viel am Körper, und trug eine rote Leinenhose sowie ein buntes Baumwoll-oberteil, das an einen Poncho erinnerte. Er hatte ein Profil wie ein Indianer, trug ein Haarband und um den Hals einen Federschmuck. Er saß schweigend am kleinen Tisch neben dem Fenster, an dem ohnehin nicht mehr als zwei Personen sitzen konnten. Manapi beanspruchte nicht viel Platz, denn er aß nichts, trank nur warmes Wasser und sah eher in sich hinein als aus dem Fenster.

Ansonsten war der Frühstücksraum vor allem mit übergewichtigen älteren Männern bevölkert, durch-aus auch mit längerem Haar, falls sie ihnen geblieben waren, in Jeans und legeren Hemden, schließlich war man Biker. Ein paar Frauen gab es auch, die nicht ganz so weiblich, dafür motorradfreundlich gekleidet waren. Sie wirkten patent und durchaus in der Lage, die nicht wenigen PS einer hubraumstarken Maschine mit Geschick über die Straßen zu lenken. Es waren näm-lich BMW-Tage! Am ersten Juli-Wochenende kamen aus aller Welt Biker in die Garmischer Region, um die Berge mit ihrem Motorenlärm zu erschüttern und Steinschlag auszulösen.

Es gab an diesem Wochenende kein anderes Thema, es ging nur um Motorräder. Wo man hinsah, stand eine Traube der schweren Maschinen im Ort oder sie donnerten im Widerhall der bemalten Mauern durchs Dorf bis hinaus ins Ammertal und den Ettaler Berg hinunter bis nach Garmisch, wo man sich auf einer Wiese traf, um sich über seine heißen Öfen auszutauschen, Bier zu trinken und das Neueste über BMW-Motorräder zu erfahren.

Dass zeitgleich der Schamane bei uns wohnte, war ein Buchungszufall. Kaum war ein Zimmer kurzfristig storniert worden, hatte es an der Tür geklingelt und zwei Herren standen davor: einer von ihnen der Schamane und der andere Herr Schmucker, der den Schamanen bei uns abgeben wollte.

Manapi war bei einem alternativen Kongress Gastredner gewesen und wollte jetzt drei Tage schweigend neue Energie sammeln. Herrn Schmucker war da die Gegend um den Meditationsweg eingefallen. Aber leider war die Gegend eben mit Biker-Buchungen komplett belegt und so hatte er sich selbst mit dem Schamanen auf den Weg gemacht und hatte an unserer Tür Glück mit dem eben erst stornierten Zimmer. Der Mann im bunten Poncho wunderte sich indes nicht über diesen Zufall, schließlich war er Schamane.

»Er braucht eigentlich nichts«, hatte Herr Schmucker gesagt. »Er will nicht nur nicht reden, er will auch nichts essen. Nur ein bisschen trinken und schweigend laufen. Und wenn etwas sein sollte, dann rufen Sie mich an. Ansonsten hole ich ihn in zwei Tagen wieder ab.«

Herr Schmucker hatte mir abschließend seine Karte in die Hand gedrückt, auf der ich was von Yoga-Zentrum in München lesen konnte, und sich dann wieder verabschiedet. Ich hatte den Schamanen dann mit seinem spärlichen Gepäck auf sein Zimmer geführt.

Nun saß er im Frühstücksraum und der Kontrast zu den anderen Gästen konnte nicht größer sein. Im Nachhinein betrachtet war der Schamane womöglich dafür verantwortlich, dass unserem Frühstücksraum eine Verwüstung durch eine Schlägerei erspart geblieben war. Und am Ende des BMW-Wochenendes blieb für mich die Erkenntnis, dass Biker nicht gleich Biker ist. Und schon gar nicht ist Biker ein Biker der früheren Jahre, so wie ich sie kennengelernt hatte, als ein Motorradfahrer noch ein ölverschmierter junger Mann war, der mit einem Bein im Grab stand, kaum hatte er mit dem anderen in den höchsten Gang geschaltet.

Die Motorradfahrer der heutigen Zeit sind zumeist Herren gesetzten Alters, oft beleibt, die sich im Herbst ihres Lebens mit dem mittlerweile erwirtschafteten Geld ihren Jugendtraum verwirklichen: eine sündhaft teure BMW oder aber – und das war das Problem unseres Juliwochenendes – eine chromblitzende Harley-Davidson. Denn der zweite Buchungszufall wollte es, dass bei uns ein etwa fünfzigjähriger Franzose weilte, der lärmend mit seiner Harley auf den Spuren von König Ludwigs Bauwerken wandelte. Jean Lambert sprach sehr gut Deutsch mit einem charmanten, französischen Akzent und erfüllte ansonsten genau das Bild, das man von einem Harley-Fahrer hat: lange Haare, Vollbart, finsterer Blick, zerschlissene Jeans und Cowboystiefel. Mit seinem alten, orangefarbenen Hemd erinnerte er mich an einen Sadhu. Es war nicht lange her, dass ich eine Fotostrecke über diese indischen Bettelmönche in meiner Fotozeitschrift gesehen hatte. Nun sah es beinahe so aus, als würden zwei ›heilige Männer‹ in unserem Frühstücksraum sitzen. Der französische Biker mochte wild aussehen, aber er war eine friedfertige und sanfte Person. Er ruhte nicht minder in sich als der Schamane, aber er aß wesentlich mehr!

Zum Ärgernis der BMW-Fahrer war er zwei Tage vor ihnen angereist und hatte sich angewöhnt, sein Motorrad quer unter dem Carportdach zu parken. Da es leicht regnete, wollten das aber auch die BMW-Fans tun. Einer von ihnen, Herr Grundner, beklagte sich bei mir darüber. Er fand, dass man eine Harley auch platzsparender unter einen Carport stellen konnte, erst recht an BMW-Tagen. Im Subtext schwang mit, dass die Bergwelt an diesem Wochenende mit jedem Quadratmeter für bayerische Motorräder reserviert sei.

»Bitte sorgen Sie doch dafür, dass auch ich mein Motorrad unters Dach stellen kann«, bat mich Herr Grundner.

Das tat ich aber nicht, weil ich fand, Motorradfahrer sollten nicht so spießig nach einem Unterstellplatz fragen. Ein Motorradfahrer sollte mehr der wilde Typ sein, den ich aus meiner Kindheit kannte.

Das war aber auch Herr Drexler nicht. Der beschwerte sich über eine Spinne in seinem Zimmer und über Staub auf seinem Nachtkästchen.

»Ich habe eine Stauballergie, die Asthma auslösen kann«, meinte er. »Und könnten Sie zum Frühstück auch laktosefreie Milch servieren und bitte Brötchen ohne Weißmehl? Das vertrage ich nämlich nicht. Und eigentlich würde ich auch gerne mein Motorrad in den Carport stellen, aber leider steht da diese Harley.«

Francesca Blatone wollte gerne ein anderes Zimmer, denn ihr Bad hatte kein Fenster, sondern nur einen Propeller. Und sie hätte gerne koffeinfreien Kaffee gehabt und eine Wurst, die weniger fett ist. Eigentlich würden sie und ihr Mann als Italiener ja nicht frühstücken, aber wenn sie schon mal in Deutschland sind, dann auch ein deutsches Frühstück. Und diese Harley im Carport ... Madonna!

Herr Schachner bedauerte, dass er gestern Abend so schlecht in einem Restaurant gegessen hatte, im Zimmer keine Ausgehtipps bereit lagen und er sich als Gast recht allein gelassen fühlte.

Oje, dachte ich nur. Carola und ich waren erst so kurz im Geschäft der Frühstückspension. Mit so viel Kritik gleichzeitig konnte ich nicht umgehen. Mir stand jetzt im Frühstücksraum der Schweiß auf der Stirn und das Wasser bis zum Hals. Ich hatte Angst vor vielen schlechten Bewertungen. Irgendetwas lief schief an diesem Biker-Wochenende. Hatten wir uns nicht gut genug vorbereitet? Zum Verhalten gegenüber Allergikern beispielsweise hatten uns die Riedels keine Ratschläge hinterlassen. Es rächte sich auch, dass ich Carola gestattet hatte, an diesem Wochenende einmal gründlich auszuschlafen. Ich fühlte mich schlagartig alleingelassen mit diesen unangenehmen Gästen.

Umso angenehmer erschien mir Jean Lambert. Er war ein rundum zufriedener Gast, der meinen Stress erkannte und sich mit Manapi zu einer Gegenfront verband. Sein Tisch stand nicht weit von dem des Schamanen. Er rückte mit seinem Stuhl ein wenig nach links – mit ein paar Zentimetern mehr wäre er quasi an dessen Tisch gelandet. Seine Aktion hatte eine erstaunlich beruhigende Wirkung auf mich: Ich fühlte mich nicht mehr so alleine. Denn da ich mich vor der Küchenschwingtür neben dem Schamanen aufhielt, konnte man uns drei durchaus als Gegenallianz zur BMW-Fraktion sehen, die sich in ihrer Kritik und Forderung nach Unterstellplätzen nicht ernst genommen fühlte.

Ganz unverhohlen begannen die BMW-Biker jetzt pubertäre Benzingespräche, die provozierend durch den Frühstücksraum schwebten.

»Ich bin einmal den Großglockner gefahren«, schwadronierte Herr Grundner. »Was hätte das für eine schöne Fahrt werden können, wenn nicht in jeder Kurve so ein Harley-Fahrer halb stehen geblieben wäre, weil er mit seiner langen Gabel nicht um die Kurve kam. Eine Zumutung, wie manche den Verkehr aufhalten.«

»Das kenne ich«, stimmte da Herr Schachner ein. »Bei mir am Reschenpass das Gleiche: Fast angehalten in der Kurve, Lärm gemacht und eine Ölspur nach sich gezogen. Sollen die doch auf Straßen bleiben, die geradeaus gehen.«

Die Italiener hätten sicher auch was zu meckern gehabt. Aber sie verstanden von der Unterhaltung nicht viel und schauten missmutig auf ihr Frühstück, das sie als Italiener ja eigentlich nicht brauchten.

»Ach, ihr BMW-Fahrer!«, tönte da Jean Lambert in perfektem Deutsch. »Ihr mit euren Schnurrkatzen.

Am liebsten hättet ihr an euren Koffern doch noch Geranienkästen mit Gartenzwergen darin.«

»Hey, hey, hey! Bitte mäßigen, sonst wird's unangenehm, ja?«, erwiderte Herr Drexler angriffslustig.

Unangenehm war es bereits. Und als sich Herr Drexler in eine Angriffsposition brachte, kam plötzlich Leben in den Schamanen. Mit aufrechtem Rücken atmete er ein paarmal tief durch und es war, als würde er damit die negativen Schwingungen absorbieren, die eben noch im Raum waberten. Danach jedenfalls sah es aus, denn die BMW-Fans wechselten schnell das Thema und unterhielten sich fortan über die Lackierungen ihrer Motorräder, über Airbags, Handyhalter und edle Stoßdämpfer. Bis sie sehr bald bei ihren Eigenheimen landeten und ihren Hobbykellern, die sie mit dem Feinsten bestückt hatten, was Baumärkte so hergaben.

Je mehr die BMW-Fahrer sprachen, umso mehr stieg in mir der Wunsch auf, das Schweigen meines Schamanen zu durchbrechen. Zum Dank dafür, dass er die schlechte Energie eingesogen hatte. Außerdem wollte ich, dass es mit einem Schamanen im Zimmer irgendwie spiritueller zuging, als es im Augenblick der Fall war.

Daher sagte ich: »Formerly we in Germany used to have more spirituality. Hildegard von Bingen, you know …«, und deutete wissend mit einer Handbewegung über all das Grüne in unserem Frühstücksraum. »But today everything is gone. We only live materialistically.«

Ich zuckte bedauernd die Achseln und lächelte dabei vorsichtig.

Erst mit Verzögerung richtete der Schamane seine Augen auf mich. Schweigend sah er mich eine Weile an, dann sagte er:

»Would you show me something of your country, please?«

Mich durchfuhr ein kleiner Schauer – die Stimme des Schamanen hatte ich mir tiefer vorgestellt. In seinen englischen Worten klang ein Akzent mit, den ich nicht zuordnen konnte und irgendwie für ›Indianisch‹ hielt.

»Of course!«, antwortete ich und fühlte mich geehrt. Mir kam gleich das Graswangtal in den Sinn, das ich in meinen wenigen freien Stunden gerne besuchte. Auf dem großflächigen Feld der Ammerquellen fand ich immer ein paar Minuten erholsamer, in meinem Leben selten gewordener Ruhe. Und hier führte auch der Meditationsweg hindurch, den sich Herr Schmucker für den Schamanen ausgedacht hatte. Wenn es einen heiligen Ort in dieser Gegend gab, dann das Graswangtal.

»Darf ich mich da anschließen?«, fragte gleich ein interessierter Jean Lambert und hob verhalten den Zeigefinger seiner linken Hand. »Das würde mich sehr interessieren.«

Weder der Schamane noch ich hatten dagegen etwas einzuwenden. Wenig später saß ich mit Manapi in meinem Wagen und wartete, bis der französische Gast den donnernden Motor seiner Harley gestartet hatte, um uns erst einmal ins Ortszentrum zu folgen, wo ich dem Schamanen das Passionstheater zeigen wollte.

Ich parkte das Auto neben einem Bus voller asiatischer Touristen und wir stiegen aus dem Wagen, während Herr Lambert auf seinem Motorrad sitzen blieb.

»This is the famous theater«, erklärte ich. »All ten years catholic Passion Plays, you know?«

Ein wenig berichtete ich mit meinem Gästehaus-Englisch über die Geschichte des Ortes und wie das Erleben der Pest seinerzeit zu den Passionsspielen geführt hatte. Keine Ahnung, ob der Schamane das verstand.

»Is it a temple?«, fragte Manapi nach.

»A theater«, antwortete ich.

»It's a good place for a temple«, sagte der Schamane. »I feel good energy! The temple has an open roof, so the energy can come in.«

Ich korrigierte nicht weiter und beließ es beim Tempel.

Nach ein paar Schlenkern durch den Ort fuhren wir ins Graswangtal und hielten nicht weit vom Meditationsweg. Während der Franzose sein Motorrad abstellte, hatte es Manapi eilig, aus dem Wagen zu steigen. Wie zwei Parabolantennen öffnete er seine Hände und begann, den Meditationsweg entlangzuschreiten. Stille lag über dem Tag, bis sich auf der etwas entfernten Straße nach Linderhof ein Pulk von BMW-Motorrädern näherte.

Jean Lambert und ich folgten dem Schamanen auf dem Meditationsweg. Zu meiner Rechten sah ich einen

Nackten in der Wiese sitzen. Es wirkte, als würde er passend zum Schamanenbesuch nach einem erfrischenden taufähnlichen Bad in der Ammer nun im Yogi-Sitz nach dem Sein forschen. Die Regenwolken waren verschwunden, die Sonne brach durch und überzog das Graswangtal mit dem Glanz einer heiligen Stätte. Die Landschaft präsentierte sich uns von ihrer schönsten Seite.

Unser Ausflug glich allmählich einer Karikatur, als ich unweit des Meditierenden auch noch eine Frau ausmachte, die ihren morgendlichen Tai-Chi-Übungen nachging. Der Schamane vor uns bog plötzlich ab und folgte einer Route, die ihn abseits des offiziellen Weges zielgerichtet zu einer Gumpe führte, in der mit Luftblasen angereichert das Wasser der jungfräulichen Ammer aus dem Boden aufstieg.

»Wirklich schön«, schwärmte Jean Lambert.

Ich erklärte, dass hier großflächig die Ammer entspringt. »This area is a spring from the river Ammer!«

Manapi nickte und der Franzose fragte: »Amma?«

»Ja, Ammer«, sagte ich.

»Amma bedeutet Mutter in Sanskrit«, sagte Herr Lambert. »Ich habe lange in Indien gelebt und mich ein wenig mit der Kultur und dem Hinduismus beschäftigt.«

Da lag ich mit meinem Sadhu-Vergleich ja gar nicht so falsch, dachte ich.

»Ach wirklich?«, staunte ich. »Das passt ja zu dieser Gegend hier. Aber es wird sicherlich anders geschrieben.« Und dann buchstabierte ich, wie man die Ammer schreibt, aber der Franzose meinte, dass das

unwichtig sei. Es zähle allein die Aussprache, der Wort-
klang.

Einige Minuten später, der Schamane hatte eine
Weile mit Schweigen verbracht und ich mit nassen
Füßen, wandte Manapi sich zu mir und sagte:

»I don't know, what you mean, when you say: The
spirituality is all gone. I tell you: All is here. All the
ghosts are here. All the energy is here. You just have
to use it.«

Jean Lambert nickte nur und klopfte mir leicht auf
die Schulter.

»Ein heiliger Ort«, sagte er.

Als wir wenig später zum Auto zurückgingen, stand
ein Trachtler in der Wiese und begann knallend eine
große Peitsche zu schwingen. Der Augenblick war
verzaubert. Noch nie hatte ich hier Meditierende gesehen … und schon gar keinen Goaßlschnalzer beim
Training.

»You see!«, sagte der Schamane. »Some people live
with the ghosts. He wants to cast out the bad ghosts
and simultaneously he moves the stuck energy in this
valley. Good guy.«

Wieder zurück bei der Pension parkten dort, wo bis
vor kurzem noch eine Harley stand, nun eng neben-
einander vier BMW-Motorräder. Ich sah Herrn Drexler vor seinem Motorrad knien und das Chrom seines
Schutzbleches polieren.

Ja, dachte ich, wir beten wirklich die falschen Dinge
an. Kurz verharrte ich, da erschien Carola im Fenster
über mir und fragte, wo ich denn gewesen sei und ob
sie wohl alleine den Frühstücksraum aufräumen solle.

»Ich komme!«, rief ich und ging ins Haus, um die negativen Schwingungen der spießigen BMW-Biker mit wedelnden Tischtüchern zu vertreiben.

6. Das Aluminiumkanu

Als Carola ihre Unterschrift unter den Kaufvertrag gesetzt hatte, gratulierte uns der Notar und meinte: »Schön, da haben Sie sich Arbeit gekauft.«

Diese Aussage deckte sich zum einen mit den ›Schnupperstunden‹, die uns die Riedles gewährt hatten, und zum anderen mit den Erfahrungen unserer ersten Tage. Und es hatte nicht lange gedauert, da waren Carola und ich von der Vorstellung abgekommen, dass es sich bei dem Gästehaus um einen jener ›modernen Arbeitsplätze‹ handeln könnte, die von jedem Ort der Welt mit einem Laptop auf den Knien zu bedienen waren.

Immer wieder vergegenwärtigten wir uns, dass wir uns mit dem Gästehaus auf dem Land einen Traum verwirklicht hatten, dem wir allerdings nach den ersten vier Wochen hin und wieder – ganz der alpinen Gegend gemäß, in der wir unser Glück versuchten – den Einsilber *Alb* voransetzen mussten.

Unsere Wohnung in der Nähe von Oberammergau lag nahe einem schönen See, der in mir einen Kindheitswunsch wachgerufen hatte. Kurz vor dem Umzug hatte ich mir noch ein Aluminiumkanu zugelegt, denn ich wollte viel Zeit auf dem Wasser verbringen.

Nun spuckte das Gästehaus aber keine Freizeit aus. Doch um uns vor dem immer wieder anklopfenden Burn-out zu schützen, schickten Carola und ich uns ab und zu gegenseitig für einen Tag nach Hause. Für mich hieß das jetzt im Sommer, mich meinem Kanu zu widmen.

Ich träumte von einem Liegeplatz direkt am See, wie ihn andere kleine Boote sowohl beim Segelclub wie auch im Gemeindebad hatten. Warum nicht auch mein Aluminiumkanu, dachte ich.

Das Areal des Segelclubs war schnell abgehakt. Zum Kopfschütteln reichte es nicht, nur zu einem mitleidigen, mit kurzem, stoßartigem Aufseufzen gepaarten Blick. Schließlich kamen von meinem Gegenüber, einem etwa fünfzigjährigen, rundlichen Herrn hinter einem schäbigen Schreibtisch eines unordentlichen Behelfsbüros, doch noch ein paar Laute.

»Wirgli ned«, grunzte er und schien sich zu amüsieren. »Mir san voi. Wartezeit vier Jahr. Und überhaupts: A Paddlboot? Schaug amoi zum Gmoabad.«

Gemäß meiner Angewohnheit bei unverständlichen Sätzen dennoch zu nicken, hoffend, der Folgesatz würde Verständlicheres liefern, nickte ich. Eine Angewohnheit übrigens, die mir als Gästehausbetreiber mit internationalen Gästen sehr zustatten kam, mich allerdings jetzt ins Leere laufen ließ. Es folgte kein weiterer Satz und somit gab es nichts mehr zu nicken. Dennoch überbrückte ich mit meinen gleichbleibenden Kopfbewegungen die nächsten Sekunden, denn ich brauchte immer eine kurze Interpretationsphase, um das Bairische ins für mich Verständliche zu transformieren.

Ich machte bei meinem Gegenüber eine gewisse Grundarroganz von Seglern gegenüber solchen Freizeitlern aus, die sich nicht windbewegt auf der Wasseroberfläche tummeln. Das zeigte die Aussage des Wächters über die Seglerehre, die ein Kanu einem

Paddelboot gleichsetzte. Sein »Wirgli ned« deutete ich nach einigem Hin und Her als grundsätzlich abschlägig.

Und da hatte sich der Mann schon wieder seinem Schreibtisch zugewandt. Den Typ mit dem Paddelboot galt es nicht mal zu ignorieren.

Bei dem von ihm angesprochenen ›Gmoabad‹ handelte es sich nicht um ein spezielles Moorbad mit heilsamem Spezialschlamm, etwa aus einer afrikanischen Hochebene oder einem südindischen Sumpfgebiet. *Gmoa* bedeutete in diesem Fall *Gemeinde,* und genau dahin führte mich mein nächster Weg; entschlossen, meinem wunderbaren Aluminiumkanu eine neue Heimat zu verschaffen.

Ich wurde in den ersten Stock zum Herrn Wanninger geschickt, der für die Boote im Gmoabad zuständig war. Das Schöne am Landleben ist, dass es auf Behördengängen praktisch keine Wartezeiten gibt. Und das, obwohl die Aufenthalte durch Verständigungsschwierigkeiten nicht gerade kurz gehalten werden. Hinzu kommt noch die Aufwachphase des Beamten, die eingeleitet wird, sobald sich die Türklinke nach unten bewegt.

Herr Wanninger brauchte eine Zeit, um von einem leeren Blatt Papier vor sich aufzusehen. Er atmete einmal tief durch und nickte mir zu.

»Griaß eana! Kumma heifa?«

Mir war schnell klar, dass mit ›Kumma heifa‹ nicht die Traurigkeit einer israelischen Großstadt gemeint war. Vielmehr bekundete er seine grundsätzliche Hilfsbereitschaft.

Ich grüßte zurück und kam gleich auf mein Anliegen zu sprechen: Ob denn die Aussicht bestünde, mein schönes neues Aluminiumkanu diesen Sommer noch auf einen Platz im Gemeindebad zu legen. Kaum hatte ich meinen Satz beendet, wirkte die Szenerie in der Amtsstube seltsam reserviert. Die Antwort ließ auf sich warten.

Es war, als würde meine Frage in ein mir verborgenes und altertümliches Übertragungssystem eingegeben werden. Während der Textverarbeitung lächelte Herr Wanninger nicht unähnlich dem Mann vom Segelclub, um wenig später meine Frage in seinen Worten verpackt von mir bestätigen zu lassen.

»Sie mängan a Boot bei uns hilegn.«

»Ja«, antwortete ich.

»Ja mei, was soll i da sogn?«, fragte Herr Wanninger mit einem großen Seufzer der Hilflosigkeit. Am besten »ja«, dachte ich und hoffte, dass es so geschehen würde.

Als aber außer seinem Lächeln eine Weile nichts passierte, fragte ich nach: »Werden denn hin und wieder Plätze frei?«

»Ja mei«, kam es da schon beinahe wie aus der Pistole geschossen. »Des kumma so ned sogn. Aber selbst wenn a Platz frei werdn dat, dann is er zwar frei und auch wieder ned. Verstehngans?«

Unversehens wähnte ich mich in einem jener magischen Augenblicke, in denen Verhandlungsgeschick gefragt war. Ich erkannte, dass mir ein gewisser Handlungsspielraum in Aussicht gestellt wurde. Unmöglich schien es nicht, einen Platz für mein Boot zu ergattern.

Ich witterte Morgenluft, nur: Was sollte ich jetzt erwidern? Ich wollte keinen Fehler machen.

Wie tickt der Bayer?

Wir, Herr Wanninger und ich, wir waren uns nicht unsympathisch, das war zu spüren. Sympathie erleichtert diplomatisches Handeln. Das kennt man aus der Politik, wenn die Chemie zwischen Regierungschefs stimmt. Wanningers Lächeln hatte was von Putins maskenhafter Freundlichkeit. Es dauerte an, als wäre es eingefroren. Das zeigte mir, dass er gewillt war, mir mehr Zeit einzuräumen als der Mann vom Segelclub. Ich wertete das als positives Zeichen.

Doch welche diplomatischen Kniffe sollte ich walten lassen, um mir einen Vorteil zu verschaffen? Zeitschinden war fürs Erste nicht verkehrt, dachte ich. So fragte ich vorsichtig nach: »Und was heißt das?«

Herr Wanninger lächelte unverändert. »Ja mei, wenn i des wüßt.«

Ich merkte einmal mehr die Bauernschläue, die man diesem Menschenschlag allgemein unterstellte, und die ihm seit Jahrhunderten sein Überleben sicherte. Mit wenigen Sätzen die Komplexität der Welt darzustellen, war nicht dumm. Es zeigte die menschliche Ohnmacht angesichts der nicht zu bewältigenden Probleme, die auf einer überirdischen Macht gründen. Das grenzte per se den Handlungsspielraum ein, auch wenn man es quasi gut meinte. Ich erkannte dahinter eine pfiffige Verhandlungsstrategie, auf die ich eingehen wollte.

»Okay«, versuchte ich der zur Schau gestellten Ohnmacht von Herrn Wanninger entgegenzutreten, »nehmen wir mal an – was ich natürlich keinem wünsche –

aber sagen wir, es stirbt ein Bootsbesitzer und niemand tritt als Erbe an. Wird dann ein Platz frei?«

»Hmm«, schickte Herr Wanninger einer bedeutungsvollen Pause voraus. Dann: »Ja scho. Wenn oana stirbt, wird a Platz frei. Des is scho klar. Aber mia san ja eh scho so voi. Da wird dann a wieder koana frei, obwohl oana frei gwordn war.«

»Gibt es denn eine Warteliste?«, fragte ich nun langsam mit Ungeduld.

»Ja mei, wia soi i sogn. Scho a. Und manchmal stirbt ja sogar oana von der Wartelistn weg. Verstehngans?«

Ich verstand überhaupt nichts mehr. Konnte es denn sein, dass ich ganz unfreiwillig hinter die Strukturen von Auftragsmorden geraten war? Ich bereute, den Tod ins Spiel gebracht zu haben, wenn ich ihn auch als natürliches Ableben gemeint hatte.

Ich hätte mir jetzt Beistand gewünscht, eine Art Verhandlungsdelegation, mit der ich mich zu Beratungen kurz zurückziehen konnte. Fest stand: Ich wollte keinen Mord in Auftrag geben, das war mir der Liegeplatz nicht wert. Ich versuchte, meine überhitzten Gedanken herunterzukühlen und kam zu der Erkenntnis, dass das mit dem Auftragsmord meiner überschießenden Fantasie entsprungen sein könnte.

Aber mein Gegenüber hatte so ein abwartendes Grinsen im Gesicht. Vielleicht sollte ich ja ein paar Geldscheine über den Tisch wandern lassen. Schon beobachtete ich ein einsetzendes Zucken meiner linken Hand, die für den Griff nach dem Geldbeutel in der Gesäßtasche verantwortlich ist. Aber sie zuckte nur und konnte ihr Handeln nicht zu Ende bringen.

Ich fühlte mich mehr als unbehaglich, hier in einer bayerischen Amtsstube eine Bestechung zu riskieren.

Meine Unwissenheit war zu groß, mein Zögern zu lang. Ich ließ diesen Augenblick, dieses namenlose, magische Zeitfenster, in dem alles möglich schien, verstreichen, bis das Grinsen im Gesicht meines Gegenübers verschwand und einem verneinenden Kopfschütteln wich. Mein unentwegtes Nicken konnte dagegen schon nichts mehr ausrichten.

»Tut ma leid!«, hörte ich Herrn Wanninger abschließend sagen. »Aber vielleicht kummans nächsts Johr wieda. Ma woaß nie.«

Als ich ein paar Tage später den in Bayern aufgewachsenen und sozialisierten urbayerischen Mann von Carolas Freundin von meinem Behördenbesuch erzählte und den Sepp fragte, wie ich mich hätte verhalten sollen, ob ich Geld ins Spiel hätte bringen können, gewährte er mir einen Einblick in die bayerische Seele.

Das mit dem Geld verneinte er heftig, warf aber als Argument in die Waagschale: »Ja mei, wenn da a jeder kemma dat. Wo datn mia da hikumma?«

Ich verstand und überlegte, ob die Unterbringung meines Kanus ein Fall für eine Art Gleichstellungsbeauftragten sein könnte, verwarf den Gedanken aber gleich wieder, da es sich bei einem solchen in dieser Gegend sicherlich um einen Bayern handeln würde.

7. Der Krimkonflikt

Der Sommer gehörte zum großen Teil den Gästen, die vor unserer Zeit gebucht hatten. Neben diesen Reservierungen aus Vorbesitzerzeiten kamen nun aber auch täglich neue ins Haus. Da mir der Kreditkartenarm nicht aus dem Sinn gehen wollte, hatten wir im Gegensatz zur bisherigen Politik des Hauses, Zimmer ausschließlich mit einem Mindestaufenthalt von zwei Nächten anzubieten, unsere Pension auch für Menschen geöffnet, die man im Fachjargon *Einnächter* nennt. Sie bleiben nur für eine Nacht und sind somit für mehr Arbeit verantwortlich – aber auch für mehr Einnahmen. Rechnungen schreiben sollte ein tägliches Vergnügen sein.

Das hatte aber zur Folge, dass Carola das Tageslicht überhaupt nicht mehr sah und an ihrem Arbeitsplatz zudem meine Hilfe beanspruchte. Wäsche ordnend durfte ich nun miterleben, wie rotierende Trommeln und das gequälte Jammern der Heißmangel zu Carolas und meinen Alltagsgeräuschen wurden. Nach einer weiteren Woche und unserem zweitem Burn-out wechselten wir schleunigst zur Mietwäsche.

Das Gefühl, das sich nach den ersten Tagen der Inanspruchnahme des Mietservices einstellte, war mit der Begnadigung eines zum Tode Verurteilten zu vergleichen oder mit der Rettung aus einem sinkenden Schiff. Unendliche Erleichterung machte sich in uns breit. Oben, wo auf der Erdoberfläche der Sommer unter strahlender Sonne tobte, brauchte Carola noch eine Weile die Sonnenbrille, bis sich ihre Augen wieder an das Tageslicht gewöhnt hatten. Der Miet-wäscheservice belebte uns wie eine Frischzellenkur. Klar, die Kosten erhöhten sich, doch dafür ging es mit der Lebensqualität steil nach oben. Man musste schon ins literarisch poetische Vokabular greifen, um unsere Glücksgefühle zu beschreiben. ›Fortuna hatte ihr Füll-horn über uns entleert, und wir tranken beseelt aus dem Freudenbecher der Glückseligkeit.‹

Endlich hatte Carola Zeit, die Wurstaufschnitt-schneidemaschine einer gründlichen Reinigung zu unterziehen. Und ich hatte Gelegenheit dazu, die Fensterläden zu reparieren, die Fensterbretter zu strei-chen, im Keller den Abflussstau zu beheben und im Zimmer 6 die Betten auszutauschen und einen neuen Schrank aufzubauen. Kurz: Wir hatten Freizeit!

Darüber hinaus konnten wir uns ausgiebig unseren Gästen widmen. Fürs Erste war ich dafür zuständig. Um Carola gegen den dritten Burn-out zu wappnen, sollte sie sich einen Tag schonen und sich wieder schrittweise mit dem Leben auf der Erdoberfläche vertraut machen – ein Akklimatisierungstag.

Einen Tag lang kümmerte ich mich alleine um die Paataanens, ein blondes, finnisches Paar um die drei-ßig, das bereits um sieben Uhr morgens in den Früh-stücksraum drängte. Eigentlich eine halbe Stunde zu früh, aber das sah ich ihnen nach. Und sie sahen es mir nach, dass ich mit den Vorbereitungen noch nicht so weit war. Solange die Paataanens alleine waren, herrschte im Frühstücksraum eine Stimmung wie in einem Kaurismäki-Film. Mit schwerem, sorgen-getränktem Atem ließen sie sich wortlos an einem der

Tische nieder. Schweigend sahen sie sich eine Weile an, als versuchten sie sich gegenseitig in Erinnerung zu rufen, weshalb sie hier gelandet waren. Da man ihren Atem plötzlich gar nicht mehr hörte, befanden die beiden sich vielleicht auch im Wettstreit, wer länger die Luft anhalten konnte. Es dauerte seine Zeit, bis sich Herr Paataanen wieder von seinem Platz erhob und sich am Kaffeeautomaten zu schaffen machte.

Durch den Schlitz der Schwingtür, welche die Küche vom Frühstücksraum trennte, sah ich, wie Herr Paataanen nach der Kaffeezubereitung alle Tomaten vom Buffet entfernte, dann den Käse abräumte und zum Schluss einen zweiten Teller mit den Gurkenscheiben füllte, während sich nun seine Frau an der Kaffeemaschine bediente. Wieder am Platz, sah sich der Finne seine gut gefüllten Teller an, als überlegte er, wie er mit ihnen in ein längst überfälliges Gespräch kommen könnte.

Es mochte auch sein, dass er im Stillen ein finnisches Gebet sprach, das er nicht mit einem Amen schloss, sondern mit einem Räuspern, das er aus den Tiefen seines finnischen Sorgenreservoirs holte. Währenddessen bediente sich seine Frau am Buffet, das nun keine Tomaten und Gurken mehr bereithielt. Sie wählte Butter, Schinken, Käse, Honig und Marmelade. Danach setzte sie sich, und die Szene ebenso wie die Finnen froren abermals ein. Auch ich hinter der Schwingtür war wie paralysiert.

Das Auftauchen der Dimitrovs wirkte vitalisierend, sowohl für die Atmosphäre im Frühstücksraum als auch für mein dienstleistendes Herz, das sofort erkannte, dass für Tomaten- und Gurkennachschub gesorgt werden musste.

»Good Morning!«, schallte es durch den Frühstücksraum, dass die Gläser im Buffetschrank klapperten. Die Finnen allerdings zeigten weiterhin, dass man als Mensch sogar Gegenstände in ihre Schranken weisen konnte, was Ereignislosigkeit anging.

Die Dimitrovs waren ein bulgarisches Paar von bemerkenswerter Ungleichheit. Er wie ein testosteronüberladener Gewichtheber, mit einem Bariton ausgestattet, als sänge er in seiner Freizeit Opern, und sie wie eine zierliche, schutzbedürftige Prinzessin. Trotz breitgliedriger Goldkette, die den massigen Hals des Bulgaren zierte, seiner dicken, funkelnden Armbanduhr und des Aftershaves, das er ausdünstete und mit seinem keuchenden Atem im Zimmer verbreitete, trotz dieses zur Schau gestellten *Machismo* – er war mir sympathisch. Das lag am Umgang mit seiner Frau, die er mit viel Liebe und Umsicht behandelte, wie King-Kong seine gekidnappte Ann Darrow. Er legte seine riesige Pranke auf ihre schmale Schulter und schien sie zu fragen, wo sie sitzen wolle.

Während ich die geleerten Tomaten- und Gurkenteller holte, grüßte ich das bulgarische Paar und kontrollierte die noch verbliebenen anderen Vorräte auf dem Buffet. Bevor ich in die Küche zurückkehrte, signalisierte ich den Bulgaren gestenreich freie Platzwahl, nicht ohne im Vorübergehen den Finnen ein belebendes Lächeln zu schenken, in der Hoffnung, sie mögen es erwidern.

Das Verwehren meines Wunsches stürzte mich ins

Grübeln. Was, wenn sie in dieser Haltung stürben? Bis zum offiziellen Ende unseres Frühstücks waren es noch zwei Stunden. Bis dahin konnte in aller Ruhe im Sitzen gestorben werden, und ich machte mich der unterlassenen Hilfeleistung strafbar. Sollte ich schon jetzt Wiederbelebungsversuche starten?

Doch als ich nach ein paar Minuten mit frisch aufgeschnittenen Tomaten und Gurken wieder in den Frühstücksraum kam, war die Situation eine andere. Die Teller der Finnen waren erstaunlicherweise geleert und die Finnen selbst verschwunden. Gestorben waren sie nicht, unter dem Tisch keine Finnen, neben dem Tisch auch nicht. Dafür waren weitere Gäste erschienen. Das junge russische Paar ebenso wie die etwas korpulenten Ukrainer mittleren Alters.

Er, der Russe, ein etwas kleingewachsener sportlicher Typ Ende zwanzig mit tiefliegenden Augen und für einen Mann überraschend vollen Lippen. Seine Freundin war eine blonde Schönheit, die Begehrlichkeiten wecken konnte.

Sie, die Ukrainerin, etwa Mitte dreißig, von resolutem Wesen, wie mir schien, kurzes Haar und ein entschlossener Gesichtsausdruck. Ihr Partner, ein etwas zurückhaltender Mensch, war groß gewachsen und kräftig wirkend.

Ukrainer und Russen im selben Raum war im Jahr 2014 eine durchaus delikate Angelegenheit. Beide zerrten an der Krim wie das Gästehaus an unseren Nerven. Selbstverständlich wollten Carola und ich vermeiden, dass der Krimkonflikt in unserem Frühstückszimmer ausgefochten wurde. Ich spürte den beklemmenden

Zwang, die beiden Paare mit absolut nichts zu konfrontieren, was sie auch nur im Entferntesten an die Krim denken ließ. Beide Paare, die von der jeweiligen anderen Herkunft wussten, erschienen mir alles andere als gelöst. Wie von selbst wählten sie die größte Distanz zwischen sich, was zum einen den küchennahen Fensterplatz bedeutete und zum anderen den Tisch am anderen Ende des Zimmers neben dem Kamin. Die beiden Paare erweckten den Eindruck, als hielten sie den gärenden Konflikt mit Anstrengung unter dem Deckel.

Ich hielt meine Nervosität für übertrieben und versuchte mich in Gelassenheit. Warum auch nicht? Wenn sie mit Bazookas ausgerüstet den Frühstücksraum gestürmt hätten, wäre es mir schließlich nicht verborgen geblieben. Und was, bitteschön, sollte hier an die Krim erinnern? Carola hieß nicht Krimhilde Krimaldi und ihr fröhliches Wesen ließ mich nicht im Ansatz zu der Bemerkung hinreißen, sie möge nicht so krimmig dreinschauen. Und Krimassen schnitt sie auch keine. Außerdem hatte sie heute frei. Ein Wachrufen des Konflikts schien leicht vermeidbar.

Allerdings las Carola gerne Kriminalromane einer Reihe, auf deren Covern in breiten Lettern das Wort *Krimi* gedruckt war. Außer Frage, dass dafür gesorgt werden musste, dass keines der Bücher im Gästehaus herumlag. *Krimi* – womöglich war das als provozierende Verniedlichung des Verlustes für den einen und als ebenso dreiste Herabstufung des Gewinns für den anderen zu deuten. Bevor meine Gedanken gar nicht mehr aufhören wollten, um die Schwarzmeerhalbinsel zu kreisen, riss mich das bulgarische Paar aus meiner Grübelei.

Früher als erwartet hatten sie ihr Frühstück beendet und machten sich auf den Weg. Aber auf welchen, das war noch nicht geklärt. Kaum waren sie zur Tür hinaus, hörte ich unsere Hotelklingel von der Rezeption. Ich folgte dem Klang auf den Flur, um abermals vor dem bulgarischen Riesen zu stehen. Seine Frau war wieder aufs Zimmer und er hatte noch eine Frage. Er war freundlich. Das Gold seiner Halskette blendete mich ebenso wie das Weiß seiner gebleachten Zähne.

»In one day: Audi, Mercedes, BMW. It's possible?«, fragte er dann aber mit überraschend bulgarischem Ernst.

Ich wusste nicht, was er von Beruf war, aber er hatte was von einem Personenschützer, und ich meinte, in der Zeitung gelesen zu haben, dass der bulgarische Staatschef auch einmal diesem Berufszweig angehörte. Vielleicht waren ja alle Bulgaren von solcher Statur, vielleicht ist es das, was Joghurt aus einem Menschen machen kann. Vordergründig waren jetzt allerdings nicht die Überlegungen, welchem Erwerb mein Gegenüber nachging. Wichtiger war für diesen Augenblick zu verstehen, was er wollte.

»Excuse me?«, fragte ich nach.

Ohne die Miene zu verziehen erläuterte er mir sein Anliegen. »In one day I want to visit the factories of Audi, BMW and also Mercedes, but Mercedes maybe too far, right?«

»Ah, now I understand!«, entgegnete ich und lachte. »Usually the visitors want to see the castles of King

Ludwig: Neuschwanstein and Linderhof. We are not close to the car factories. Munich yes, Ingolstadt maybe, but Mercedes in Stuttgart? And all in one day …«

Ich schaukelte zweifelnd den Kopf.

»Today castles for the man, tomorrow castle for the lady. Neuschwanstein for my wife. Today for me Audi and BMW.« Jetzt lachte er sein tiefes Opernsänger-Leibwächter-Lachen.

»I understand«, sagte ich. »You are right. Audi and BMW will be okay. Mercedes too far away. Audi is in Ingolstadt, maybe two hours from here.«

»I ordered an Audi and I want to see, where my baby will be born.«

Bei dem Gold und seinen Zähnen würde er auf der Überholspur keine Lichthupe benötigen, um sich Platz zu verschaffen, dachte ich und fühlte mich jetzt schon in meinem geistigen Rückspiegel geblendet.

»Thank you!« Der Bulgare klopfte mir anerkennend auf die Schulter und ging nach oben ins Zimmer.

Als ich wieder in den Frühstücksraum kam, um am Buffet nach dem Rechten zu sehen, stutzte ich. Was mich in Verwunderung brachte, konnte ich so schnell nicht sagen. Ich stand vor dem Buffet wie vor einem Rätsel und grübelte. Irgendwas schien nicht zu stimmen.

Die Atmosphäre um mich herum war angespannt. Sowohl die Russen als auch die Ukrainer schwiegen. Die Ruhe vor dem Sturm, so ließ sich dieser Zustand durchaus beschreiben.

Dann kam es mir: Der Schinken, den ich für die Osteuropäer aufgetragen hatte, war seit dem Weggang der Bulgaren nicht angerührt. Das war insofern verwunderlich, da ich extra reichlich davon bereitgestellt hatte. Denn nach unseren jungen Erfahrungen stand eines fest: Ein Osteuropäer aß zum Frühstück so viel Wurst und Schinken wie eine fünfköpfige indische Familie in einem Jahr.

Ich konnte meinen Blick nicht von dem Schinken wenden, als wollte ich von ihm die Antwort auf dieses Phänomen erzwingen. Und meine Beharrlichkeit wurde belohnt. Mich durchfuhr ein Schrecken, der mich beinahe von den Beinen holte. Schlagartig stand das unheilvolle Szenario, gegen das ich mich bis eben noch gewappnet sah, mit aller Wucht vor meinem Auge. Der Friede im Frühstücksraum schien dahin.

Erst glaubte ich einem Irrtum aufzusitzen und Opfer der selektiven Wahrnehmung geworden zu sein. Blitzschnell zog ich mein Handy aus der Hosentasche und fand bei Wikipedia die Bestätigung meiner Befürchtung: Die Scheiben unseres frisch aufgeschnittenen Schwarzgeräucherten hatten eine frappierende Ähnlichkeit mit der Krimhalbinsel!

Formschön in Scheiben geschnitten, präsentierte sich auf dem Darreichungsaluminium unseres Frühstücksbuffets der Verlust der einen und der Gewinn der anderen Nation.

Welch Affront! Wie würde darauf vor allem das ukrainische Unterbewusste reagieren? Arbeitete es sich gerade in den schweigenden Ukrainern an die Oberfläche, um sich in einem gewaltigen Wutausbruch zu manifestieren? Wie konnte ich die drohende Gefahr auf diplomatischem Weg am besten bannen, ohne eine der beiden Parteien vor den Kopf zu stoßen? Ich fühlte mich hilflos und wünschte, ich hätte neben dem Kurs bei der BGN auch einen beim BND absolviert.

Dummerweise hatten wir kein Bündnerfleisch im Kühlschrank, mit dem ich den Schinken hätte ersetzen können. Die Schweiz steht schließlich weltweit für Neutralität. Und das Bündnerfleisch sieht aufgeschnitten eher aus wie Sardinien. Sardinien ist eindeutig italienisch. Kein Land sonst beansprucht die Insel.

Ich wusste nicht, wie lange ich fassungslos vor dem Frühstücksbuffet gestanden hatte. Ein Stuhlrücken hinter mir riss mich aus meinen Fantasien. Die Russen hielten wohl ihr Demarkationsfrühstück nicht länger aus und wollten in den touristischen Tag aufbrechen. Zu meiner Verblüffung lachten sie mich an, als sie mich mit den Ukrainern alleine ließen.

Ich wollte jetzt auch das Feld räumen und verschanzte mich hinter der Schwingtür unserer Küche, wurde aber gleich darauf wieder von unserer Rezeptionsklingel auf den Flur gerufen.

Die immer noch freundlich lächelnden Russen erwarteten mich mit Rucksack und Sonnenhut. Von der Anmeldung, bei der es so gut wie wortlos, dafür umso gestenreicher zugegangen war, wusste ich, dass sie kein Wort Deutsch sprachen und auch kein Englisch. Sie irrlichterten mit Smartphones durch Bayern. Umso mehr erstaunte es mich, dass der junge Russe jetzt das Wort mit einem ganzen Satz an mich richtete.

»Wä kman wä apf dn Bäga?«

Aha, dachte ich, und überlegte, ob sie mir bei der

Anmeldung vorenthalten hatten, dass sie dänisch sprachen oder schwedisch. Das freilich konnte ich nicht.

»Excuse me?«, fragte ich standardmäßig nach, nur um erneut seine geheimnisvolle Mitteilung zu hören.

»Wä kman wä apf dn Bäga?«

Klang irgendwie skandinavisch, war es aber wohl nicht. Mit Genugtuung nahm ich zumindest zur Kenntnis, dass das Wort *Krim* eindeutig nicht herauszuhören gewesen war. Es schien keine kritische politische Äußerung in Bezug auf unser Schwarzgeräuchertes zu sein. BMW hörte ich auch nicht heraus, ebenso wenig Mercedes oder Audi.

Da erklangen die seltsamen Laute wieder:

»Wä kman wä apf dn Bäga?«

Unverzagt wiederholte er den Satz, als läge der Fehler des Nichtverstehens eindeutig bei mir. Ich bedauerte, dass Alyona nicht da war, sie hätte wunderbar übersetzen können.

Als mir das Licht immer noch nicht aufgehen wollte, holte er sein Smartphone aus der Tasche und zeigte mir auf der Übersetzungsseite, was er meinte.

»Wie kommen wir auf die Berge?«, las ich da und war überrascht, dass es ein deutscher Satz war, den er gesagt hatte.

»Ah!«, machte ich. »Wie kommen Sie auf die Berge?«

»Da!«, sagte er und nickte. Das heißt *Ja* auf Russisch, so viel wusste ich.

Hmm, dachte ich, unser Hochtal ist von Bergen umgeben, nichts ist einfacher, auf einen davon zu kommen, wenn man den Wegen folgt.

Bevor ich gestenreich nachfragen konnte, welchen Berg er meinte, schob er mich sehr vorsichtig vor die Haustür und zeigte auf den emporragenden Felsen, der wie ein Wahrzeichen über dem Ort thront.

»Ah«, sagte ich. »Kofel!«

»Da«, sagte er wieder und nickte.

»Kofel-Walk? Laufen?« Mit Zeige- und Mittelfinger deutete ich einen Fußmarsch an.

»Da.« Er nickte.

»About two hours. Zwei Stunden.« Ich zeigte ihm zwei Finger, bevor ich mit dem Zeigefinger über dem Ziffernblatt meiner Armbanduhr kreiste.

»Da.«

»You walk there and there ...« Mein absichtlich schlecht gesprochenes Rudimentärenglisch unterstützte ich mit einer wilden Gästehausbetreibergestik, die ihm vermittelte, dass er auf der Straße gleich um die erste Kurve musste, über den Fluss »River? Little Don? Across. Brücke ...?!«

Ich nahm den Stadtplan zu Hilfe und zeigte ihm den Weg auf der Karte.

Er nickte beipflichtend und sagte zu allem, was ich erklärte, »Da«, wie es mein Sohn gemacht hatte, als er zwei Jahre alt war und die Welt entdeckte.

Abschließend klopfte er mir anerkennend auf die Schulter. Ich wertete die Vertrautheit auch als Dank dafür, dass ich die Situation im Frühstücksraum nicht hatte eskalieren lassen.

Wieder zurück im Frühstücksraum hörte ich plötzlich die Ukrainer im Gespräch. Ihre Gesichter schienen gelöst, ein Lachen. Mein erschrockener Blick wechselte von der leeren Wurstvitrine zu ihren gefüllten Tellern, auf denen ich die Krim liegen sah, die sie sich genüsslich einverleibten.

8. Alyona I

Von Alyona wussten wir anfänglich nur, dass sie sich auffällig zur Arbeit kleidete, zu der sie nicht selten mit einem roten Herrenrennrad erschien. Mit Pumps und Glitzerlook durchaus ein Hingucker. Darüber hinaus besaß sie ein bemerkenswertes, lebensbejahendes Wesen. Man kann sagen, dass sie alles mit einer natürlichen Fröhlichkeit nahm, die sie auch in unsere Herzen pflanzen wollte. Ja, sie war grundoptimistisch. Egal, welches Problem sich in den Weg stellte, über alles legte sie großherzig den Mantel weißrussischer Anteilnahme. Sie sparte nicht mit Ratschlägen und Ankündigungen, wie sie helfen könnte.

Als das zementierte Fundament eines unserer Gartentorpfosten bedrohlich zu wackeln begann, brachte sie – »Kein Probläm« – einen Cousin ins Spiel, der alles könne. Nur kommen konnte er nicht, wie sich herausstellte.

In unserer anfänglichen Unkenntnis und Überforderung unterlief uns eine Überbuchung für eines der ersten Wochenenden. Alyona fing unsere Panik mit einem Gästezimmer in einem Hotel auf, in dem eine Freundin arbeitete. »Zimmär immär frei!« Das Zimmer mochte vielleicht oft frei sein, jedenfalls nicht immer, denn diesmal war es besetzt. Uns rettete lediglich die Stornierung eines anderen Gastes. »Sähen Sie, alläs wird gut!«

Um ihren Worten Taten folgen zu lassen, fehlten Alyona meistens die »Mäglichkeitän«. Trotz ihrer etwas zu impulsiv gelebten Empathie gelang es Alyona dennoch, uns für kurze Augenblicke in Sicherheit zu wiegen. Mit Alyonas Ratschlägen fühlten wir uns im überbordenden Gästehauskosmos weniger alleine, obwohl wir es tatsächlich waren.

Dass sie ein Kind hatte, eröffnete sie uns, als sie einmal zu spät kam und »ihre kranke Mischa« ins Feld führte, die sie zum Arzt bringen musste. Drei Jahre war ihre Tochter alt und das »süßästä Kind auf där Wält«.

Auch erfuhren wir von ihren anderen Arbeitsverhältnissen eher schleppend. In einem weiteren Gästehaus war sie zweimal in der Woche für das Frühstück zuständig, in einer Gaststätte war sie zweimal die Woche als Bedienung tätig, und darüber hinaus putzte sie in zwei Privathaushalten. Alles in allem nicht wenig, erst recht vor dem Hintergrund eines Kindes, das sie zu versorgen hatte.

Aber sie war nicht alleine auf der Welt. Zwar fehlte ihr der Lebenspartner, »Mein Bräd Pitt, där wird kommän. Da bin iechhh gaanz sieecchär!« Doch bis es so weit war, sorgte ihre Verwandtschaft für Abwechslung. Denn ein nicht geringer Teil davon schien sich in der näheren Umgebung im Dienstleistungsgewerbe zu tummeln, wie etwa der Cousin, der nicht kommen konnte.

An einem Dienstagabend rief Alyona an und erklärte, dass sie am morgigen Mittwoch die Zimmer nicht machen könne. Sie müsse Mischa am Mittwoch wieder einmal zum Arzt nach Murnau fahren.

»Abär macht niechhhts. Iechhh wärdä das mit Scarlätt rägäln. Das war frühär bei Riedäl auch so. Wir habän oft gätauscht.«

Sie lachte mir ihren weißrussischen Optimismus ins Telefon und ich verließ mich darauf, dass Scarlett am Mittwochmorgen um zehn Uhr erscheinen würde, um Alyonas Schicht zu übernehmen. Was blieb uns auch anderes übrig? Wir waren fremd in Oberammergau und hatten nur Scarlett und Alyona. Außerdem erschien es sowohl Carola wie auch mir überaus sinnvoll, dass Scarlett und Alyona sich so gut ergänzten und jederzeit tauschen konnten.

Gegen zehn Uhr abends, die Erschöpfung ließ mich schon bierselig Richtung Bett schaukeln, rief Alyona an und sagte, dass Scarlett nicht könne: »Scarlätt muss andere Hotäl. Aber macht niechhhts, ich schickä Cousinä Jaroslawa, die geradä aus Belarus zu Bäsuch. Sie kann kommän. Sie arbeität sähr gut. Weiß alläs. Putzän bessär als iechhh. Sie sprieeccht niechhht deutsch, aber säähr gut änglisch.«

Auf mein müde geäußertes »Aha« hin gingen meine Bedenken hin und Alyonas weißrussischer Optimismus her, bevor wir auflegten und ich mich darauf verließ, dass die Cousine – wie hieß sie gleich, Jaroslawa? – na jedenfalls, dass sie am nächsten Morgen auf der Matte stehen würde. Die neuerliche Planänderung verschwieg ich Carola. Seit sie nicht mehr im Keller die Wäsche machte, eroberte sie mehr und mehr andere Bereiche des Betriebs und hatte neuerdings etwas an Alyonas flatterhaftem Wesen auszusetzen. Ich wollte jetzt einen guten Schlaf und keine Diskussionen. Und morgen Vormittag hatte auch Carola als Erstes einen Arzttermin. Es würde schon alles gut gehen, dachte ich. Sie bekäme Jaroslawa gar nicht zu Gesicht.

Am nächsten Tag gegen zehn Uhr, das Frühstück war fast beendet, klingelte es. Vor der Haustür stand etwas verunsichert ein junger Mann und lächelte mich scheu an. Bevor er zu Wort kommen konnte, eröffnete ich ihm instinktiv, dass wir kein Zimmer frei hätten. Mit einer gewissen Irritation registrierte ich, dass er vor mir stehen blieb und weiterlächelte. Dann schüttelte er den Kopf und sagte: »Nix deutsch! Alyona Putzän.«

Sekunden verstrichen, bis ich begriff, dass es sich bei dem jungen Mann um die angekündigte Cousine Jaroslawa handeln musste. Da sich Alyonas Cousine binnen der letzten zwölf Stunden schwerlich ihr Geschlecht operativ hatte umwandeln lassen, musste es sich um eine Verwechslung handeln. Oder ich hatte mich um ein A zu viel verhört und Alyona wollte mir ihren Cousin schicken?

Eigentlich war ich mir ziemlich sicher, dass Alyona von ihrer Cousine gesprochen hatte. Jedenfalls war ich so gar nicht darauf vorbereitet, einen jungen Mann bei uns die Zimmer putzen zu lassen, dass ich mein schier fassungsloses Staunen nicht sogleich niederringen konnte. Außerdem wusste ich nicht, wie ich reagieren sollte. Es mochte durchaus cholerische Hoteliers geben, die bei derlei Unterwanderung von Abmachungen die Contenance verloren.

Aber wohl nicht Roy Black!

In meiner immer noch vorhandenen Betreiberunsicherheit überlegte ich wenig hilfreich, ob es die Begriffe Zimmerbuben oder Zimmerjungen überhaupt gab. Erst der zweite Gedanke beschäftigte sich damit, ob er putzen könne, der dritte, ob er eine Arbeitserlaubnis besäße, der vierte, ob er versichert sei, und der fünfte führte mir vor Augen, dass ich wohl keine andere Wahl hatte, als ihn an die Putzeimer zu lassen.

Vorher aber wollte ich mich vergewissern, dass Alyona nicht Opfer eines Verbrechens geworden war und hier jemand vor mir stand, der sich womöglich einer Freiheitsberaubung schuldig machte und Alyona und ihre Cousine als Geiseln hielt, um irgendwie in ein Hotelinneres zu gelangen.

»Wait a second, please!«, sagte ich und zog mein Handy aus der Hosentasche.

»Alyona? Hallo? Alyona?!« Die Verbindung war eine Katastrophe.

»Ja, Hallo? Ah, Sie sind äs! Cousinä leidär krank. Ist Cousän. Er ist auf Bäsuch. Er putzt gaanz gut Hotäl. Und auch Toilettä. Iest Vladimir sähr nätt. Iechhh habä ihm alles gesagt, was wiechhhtig. Sie gäbän Gäld mir, iechhh gäbä Gäld ihm. Iechhh kann jätzt niechhht längär spräcchhän. Bis morgän!«

Die beruhigende Gewissheit war, dass Alyona lebte und es ihr gut ging. Aber mir klangen auch noch ihre Worte über weißrussische Männer in den Ohren, und ich befürchtete, dass die Bäder nach Vladimirs Pflege in einem schlechteren Zustand sein könnten als vorher.

Wie sich herausstellte, sprach Vladimir nicht nur kein Deutsch, sondern auch kein Englisch.

Obwohl ihm Alyona alles gesagt hatte, »was wie-ecchtig«, bemühte ich mich um eine Einführung für Vladimir.

»Come, I show you!«

Ob er Englisch sprach oder verstand, war egal. Als

kommunizierender Mensch musste ich einfach Laute von mir geben. Außerdem durfte man in Zeiten des Internets davon ausgehen, dass von einem Rudimentärenglisch irgendetwas der Verständigung diente.

Er nickte, als ich ihm die Eimer zeigte, die Lappen, die Putzmittel. Dann gingen wir nach oben und ich zeigte ihm die Zimmer und die Stellen, die ich für neuralgisch hielt: hinter dem Klo, die Schienen der Duschkabinenwände, die Papierkörbe, unter den Betten und die Ecken, in denen sich Wollmäuse ansammeln konnten. Dass er die Betten machen sollte, vermittelte ich ihm mit eindeutigen, Plumeau aufplusternden Gebärden.

»Clean the bath, toilet, shower, all … yes?«, schickte ich noch hinterher und sah ihn von der Seite an.

Als er zu meinen Worten und Gesten nickte, konnte ich nur noch hoffen, dass das weißrussische Männerbild von Alyona nicht ganz der Wahrheit entsprach und dieses Abenteuer gut ausging. Und dass Vladimir schnell genug arbeitete, damit er Carola nicht über den Weg liefe, die mit dieser Aushilfe, und wie wir an sie geraten waren, nicht zufrieden gewesen sein dürfte.

Mein Hoffen erwies sich leider als trügerisch. Vladimir war nicht der Schnellste und brauchte gefühlt fünfmal länger als Alyona. Sogar länger als Scarlett, und das wollte was heißen! Als Carola von ihrem Arztbesuch zurückkehrte, wunderte sie sich im Flur unseres Gästehauses über einen jungen Mann, der ein Zimmer verließ, um ein anderes zu betreten. Das kam schon mal vor, wenn kleine Gruppen oder unterschiedliche Familienmitglieder bei uns untergebracht waren und sich die Gäste gegenseitig im Zimmer besuchten. Dann allerdings trugen sie keine Putzeimer mit sich und suchten auch nicht nach Steckdosen für den Staubsauger.

»Nanu, ich wusste gar nicht, dass wir eine Gruppe haben?«, sagte Carola. »Und den jungen Mann kenn ich gar nicht? Ist der heute gekommen? Und wieso putzt der selber? Und … ist in Zimmer 4 nicht ein älteres Paar …?« Und bevor ich antworten konnte, setzte Carola noch nach: »In welchem Zimmer ist denn Scarlett? Ich hab mir was mit den Handtüchern ausgedacht und wollte ihr sagen, worauf sie in Zukunft achten soll.«

Ich konnte jetzt schlecht antworten, dass der junge Mann Scarlett war. Und mir fehlte die Zeit, Vladimir in Frauenkleider zu zwängen, um ihn als Alyonas Cousine Jaroslawa auszugeben. Mir war klar, dass ich mit der Wahrheit rausrücken musste, auch wenn es jetzt nicht einfach werden würde.

»Scarlett ist nicht da«, sagte ich. »Sie hat Ersatz geschickt.«

»Sie hat Ersatz geschickt? Wen denn? Ein neues Zimmermädchen?«

»Ja, Vladimir.«

Als Antwort schenkte mir Carola ein gezwungenes Grinsen, das ihr nicht leicht fiel. Seit wir das Gästehaus betrieben, war uns der Humor abhandengekommen. Dass das Grinsen Fassade war, wussten wir beide, deswegen schickte Carola schnell hinterher: »Bitte keine blöden Witze: Wer putzt denn bei uns, und in welchem Zimmer ist sie gerade?«

Aus heutiger Perspektive kann ich mich an mein Geständnis nicht mehr erinnern. Meine Zunge, meine Lippen mochten für Sekunden ein Eigenleben praktiziert haben.

Jedenfalls nahm mich Carola energisch bei der Hand und zog mich in den leeren Frühstücksraum, um ungestört ihre Empörung loszuwerden.

Ihre Vorwürfe ließ ich nur in puncto Legalität gelten. Ob er, Vladimir, denn versichert sei.

»Und was, wenn er hier für seine osteuropäische Bande das Terrain auskundschaftet? Und schon mal sicherheitshalber Schlüsselabdrücke macht? Und der kann doch überhaupt nicht putzen!«

»Er hat keinen Schlüssel!«, hielt ich dagegen.

»Dafür reicht doch irgend so eine Knetmasse. Mal eben ein Abdruck von einem Zimmerschlüssel gemacht!«

Das kannte Carola aus ihren Kriminalromanen.

Bevor sich Carola aber richtig in Rage reden konnte, machte ich ihr klar, dass sie sich in Vorurteilen verliere, zu viele Krimis lese und nicht vergessen dürfe, dass ich der Betreiber sei und meine Entscheidungen hinzunehmen seien.

Aber meine Worte konnten sie nicht beruhigen. Erst als Vladimir nach getaner Arbeit wieder ging und wir die Zimmer kontrollierten, staunten wir, dass sie sauberer waren als nach Alyonas oder Scarletts Service.

Das sorgte zwar für großes Erstaunen bei Carola, aber ihre Befürchtungen in alle Richtungen hielten an. Die nächste Stunde verbrachte sie damit, die Gästezimmer auf der Suche nach fehlenden Gegenständen zu durchforsten. Obwohl alles noch vorhanden war, jeder Föhn, jedes Radio, jeder Kaffeekocher, alles, war Carola so schnell nicht zu beruhigen.

»Ob den Gästen was fehlt, kann ich freilich nicht kontrollieren«, merkte sie nachdenklich an.

»Jetzt reicht es aber!«, hielt ich eindringlich dagegen. »Du solltest dich freuen, dass in diesem klassischen Dienstleistungsjob auch Männer arbeiten. Ist doch ein Erfolg im Sinne des emanzipatorischen Gedankens.«

Carola rollte nur die Augen und verschwand wieder Richtung draußen, um zum Metzger zu fahren.

Nein, es fehlte nichts, im Gegenteil. Nach Vladimirs Abgang wunderte ich mich über ein zusätzliches Fahrrad, das in unserem Carport-Areal am Zaun lehnte. Es erinnerte mich an das rote Rad von Alyona, mit dem sie hin und wieder zur Arbeit kam. Doch dieses hier war deutlich eleganter als das von Alyona. Am nächsten Tag fragte ich sie daher, ob es denn sein könne, dass ihr Cousin sein Rennrad bei uns vergessen habe.

»Cousän?«

»Vladimir!«, erläuterte ich. »Der gestern für Jaroslawa die Zimmer gemacht hatte, die als Ersatz für Scarlett kommen sollte, die wiederum für Sie einspringen sollte.«

In einer Geste der plötzlichen Erkenntnis fasste sie meinen Unterarm, drückte ihn kräftig und sagte überschwänglich: »Rieecchtig. Vladimir. Nein, Rad ist niechhht von Vladimir. Vladimir ist heute auch schon wiedär nach Hause Belarus.«

»Ach ja?«

Dass er es so eilig hatte, wieder nach Hause zu kommen, wunderte mich. Es hatte etwas von einem fluchtartigen Aufbruch. Ganz so, als hätte er sich womöglich doch was zuschulden kommen lassen. Da ich mich bei einem von Carolas Vorurteilen ertappte, hatte ich das Bedürfnis einer eiligen Wiedergutmachung und lobte Vladimirs Putzdienste.

»Sehr sauber hat er geputzt.«

»Ja!«, antwortete Alyona und lachte. »Vladimir ist niechhht typisch Belarusmann.«

Obwohl ich mich im Fall Vladimir gegen Carolas Vorurteile wehrte, wuchs in mir die Überzeugung, dass sich Vladimir in Sachen Fahrrad was hatte zuschulden kommen lassen. Er wollte sich bestimmt Alyonas Fahrrad ausleihen und hatte irrtümlich das falsche erwischt. Dann hatte er wohl das Problem erkannt und fürchtete, bei Aufklärung des Falles als Dieb dazustehen. Womöglich lag hier der Grund seiner übereilten Abreise. Letztlich war ich mir ziemlich sicher, im Carport ein gestohlenes Fahrrad zu beherbergen, und hoffte, der Eigentümer möge es bei uns nicht finden.

9. Der Individualchinese

Hao Chang hatte bei seiner Onlinebuchung einen Kommentar hinzugefügt, dass er vom 14. bis 16. Juli ein Zimmer mit Bergblick wünsche, er sei auf ›Honeymoon‹.

Carola meinte, das gehe nicht, denn unser schönes Bergblickzimmer sei schon belegt. Unser Belegungsplan erlaubte aber einen Zimmertausch. Ich fand, Hochzeitsreisenden sollte man es schön gestalten, wenn man die Möglichkeit dazu hatte. Carola meinte, wir hätten kein Bergblickzimmer und Schluss.

Ihre Härte in dieser romantischen Angelegenheit konnte ich nicht nachvollziehen. Sie sollte meinem Empfinden nach eher gerührt sein, wenn ein junger Mann seiner Angebeteten was bieten wollte. Nach kurzem Nachdenken kam ich dann zu dem Schluss, dass genau darin der Grund ihrer Haltung zu suchen sei. Womöglich war sie auf die Aufmerksamkeit eifersüchtig, die ein Mann hier seiner Auserwählten zukommen ließ.

Denn man konnte schon in gewisser Weise sagen, dass unsere Beziehung mit dem Gästehausbetrieb ein wenig auf den Hund gekommen war. Wie schon erwähnt: Freizeit gab es praktisch keine mehr und somit auch keine Gelegenheit, etwa mal zum Tanzen zu gehen, wie Carola es liebte, oder ins Theater oder sich mit Freunden zu treffen, wie wir es früher taten. Für Romantik gab es keinen Raum mehr. Das letzte Mal, dass ich Carola zärtliche Worte ins Ohr geflüstert hatte, bezogen sie sich auf die Bügelwäsche, die sie erstaunlich professionell gestapelt hatte.

»Ich bin geplättet, wie du plättest!«, hatte ich ihr zugehaucht und geglaubt, in meinem Wortspiel eine Liebeserklärung eingebettet zu haben, die Carola aber nicht erreicht hatte.

»Sehr witzig!«, hatte sie meiner Bewunderung gekontert.

Wie gesagt: Der Humor war uns inzwischen abhandengekommen, darüber konnte auch ein hinkendes Wortspiel nicht hinwegtäuschen. Ich gelobte Besserung.

Doch obwohl ich zugeben muss, dass ich wie die meisten Männer in einer längeren Beziehung ein niedriges Aufmerksamkeitspotenzial besaß, wähnte ich mich in einer gesunden Partnerschaft.

Abends, wenn wir völlig erschöpft im Restaurant landeten, weil weder Carola noch ich die Energie aufbrachten, weitere Minuten in der Küche zu verbringen, befanden wir uns stets in einem angeregten Gespräch. Nicht im Entferntesten ähnelten wir den gesprächslosen Paaren, von denen es um uns herum eigentlich immer welche gab.

Allein die Frage, ob wir Joghurts am Ablaufdatum aufs Frühstücksbuffet stellen sollten oder nicht, sorgte für ausreichend Gesprächsstoff. Denn auch da waren Carola und ich anderer Meinung. Während ich kein Problem darin sah, Joghurts an ihrem Ablaufdatum noch zu servieren, sah es für Carola nach zu wenig Frische auf unserem Frühstücksbuffet aus, was schnell zu einer schlechten Bewertung führen könne. Eigentlich dürfe man dem Gast einen Joghurt schon zwei Tage vor Ablauf nicht mehr hinstellen, meinte sie.

Staubsaugerbeutel waren ein anderes Thema, das unsere Restaurantbesuche mit Lebhaftigkeit würzte. Auch über deren Aufbewahrung herrschte Uneinigkeit. Während Carola den Kellerschrank in der Waschküche dafür geeignet hielt, plädierte ich für einen der Küchenschränke im Erdgeschoss. Da sowohl Carola wie auch ich über einen gewissen Starrsinn verfügten, deponierte Carola IHRE Staubsaugerbeutel im Keller, während ich MEINE in der Küche unterbrachte. Was dazu führte, dass ich nach ein paar Wochen einen gewissen Staubsaugerbeutelschwund bemerkte, da bei fälligem Staubsaugerbeutelwechsel alle Beteiligten den weiteren Weg in den Keller scheuten ... Carola eingeschlossen.

Unsere Restaurantbesuche waren also alles andere als dröge und langweilig, doch als Glücksbeleg für unsere Beziehung reichten sie wohl nicht aus.

Nachdem ich zu Carolas Enttäuschung dem Hongkong-Chinesen das Bergblickzimmer zugesichert und dies im Belegungsplan vermerkt hatte, ließ sie mich in der Folgezeit spüren, dass ein gemeinsam betriebenes Gästehaus nicht mit einer erfolgreichen Paartherapie zu vergleichen war. Bis auf ein paar hingeworfene Äußerungen verfiel sie die nächsten Tage in vorwurfsvolles Schweigen.

»Heute kommt dein Chinese!«, bemerkte sie schnippisch am Anreisetag.

Hao Chang hatte sich als ›Individualchinese‹ ein paar Vorschusslorbeeren bei mir verdient, da er die Reise in der sonst typischen Gruppe ablehnte. Womöglich besaß er auch keinen Selfie-Stick, den Gruppenchinesen

gerne wie eine ausgeworfene Angel vor sich her-
tragen.

»Er ist da«, sagte wenig später Carola missgelaunt,
als sie durchs Küchenfenster einen blauen Ford Focus
auf unseren Parkplatz fahren sah.

Ich staunte, als Hao Chang dem brandneuen Leih-
wagen entstieg. Denn er war um einiges zierlicher als
die meisten ohnehin nicht sehr großen Chinesen, die
den Ort besuchten, und er war erstaunlich jung. Ja, er
wirkte fast wie ein Kind und seine zarte, hübsche Frau
besaß das entsprechende Nymphenhafte.

»Hello«, grüßten beide und lächelten, als sie unser
Haus betraten.

Nach den Anmeldungsformalitäten zeigte ich ihnen
das Zimmer im ersten Stock. Ich ging vor ihnen ans
Fenster und deutete auf die Berge, die sogar vom Bett
aus zu sehen waren.

»The mountains!«, sagte ich stolz.

Die Jungvermählten waren sehr zufrieden und deu-
teten ein paar Verbeugungen an, dann schloss ich hinter ihnen die Tür.

»Na, Bergblick genug?«, meinte Carola, die ich in der
Küche beim Ausräumen der Geschirrspülmaschine an-
traf.

»Wie wäre es mit Kino heute Abend?«, versuchte
ich den chinesischen Honeymoon auf uns umzuleiten,
aber Carola winkte ab und verließ die Küche.

»Bemüh dich nicht«, warf sie mir noch zu.

Meine Gedanken gingen wieder zu den Changs, von
denen ich annahm, dass sie gleich mal im rustikal bayerischen Bett gelandet waren. Wie von selbst drängten

Bilder fernöstlicher Liebestechniken vor mein inneres Auge und ich fragte mich, ob unser Hotelbett dergleichen schon als Unterlage erlebt hatte.

Wie klischeebeladen meine Fantasie war, zeigte sich, als die Changs nach wenigen Augenblicken schon wieder im Treppenhaus erschienen. Sie winkten mir durch die leicht geöffnete Küchentür zu und verkündeten in schwer verständlichem Englisch, dass sie zum Schloss Linderhof fahren würden.

»Okay«, rief ich, »it's a nice castle!«

Doch zu meiner Verwunderung sah ich sie nach etwa zwanzig Minuten wieder vorfahren und hörte kurz darauf ein verhaltenes Klopfen an der Küchentür, hinter der ich das Geschirr in die Geschirrspülmaschine räumte. Carola war unterdessen im Büro verschwunden, wo sie sich ein paar Abrechnungen widmen wollte.

Herr Chang sprach ein undeutliches und aktzentbeladenes Englisch, das genauso gut ein von einem nuschelnden Ungarn schlecht gesprochenes Baskisch hätte sein können. So bedurfte es ein paar Nachfragen und Wiederholungen, bis ich das Wesentliche seiner Aussage verstand.

»We have a problem with the car«, meinte er wohl und winkte mich zu seinem Wagen nach draußen. Seine frisch verheiratete Frau fand ich auf dem Beifahrersitz brav angeschnallt vor.

Ich blieb neben dem Auto stehen und lachte die Gattin durch die Windschutzscheibe an, als ich bemerkte, dass ihr Mann den Vorderreifen zu drücken versuchte, als wollte er ihn aus dem Weg haben. Dann zeigte er mir im Innenraum das Armaturenbrett, wo ein Licht mit dem Symbol eines Reifenquerschnittes leuchtete. Es verdeutlichte wohl dem Fahrer, dass sich in den Reifen nicht genügend Luft befand. Ich kannte so etwas nicht, denn mein Volvo gehörte einer Baureihe an, deren Reifendruck man nach Augenschein oder mit einem Tritt gegen den Reifen prüfte, Gewissheit erhielt man schließlich an der Tankstelle.

Ich erklärte ihm den Weg zur Tankstelle und dass er sich dort Luft für den Reifen holen könne. Vielleicht fehle ja nur ein bisschen.

Seinen Worten entnahm ich, dass er dort schon war und die Luft exakt den Vorschriften entspreche.

»Aha!«, machte ich und überprüfte auf historische Weise mit einem Tritt gegen die Reifen; ich fand die Luft da drinnen ausreichend.

»It's okay«, sagte ich. »Maybe the car's electronic is a little bit crazy. And Linderhof is not far away. It's enough air inside the wheels for Linderhof. When I was young, we just checked the wheel with a kick.«

Das beruhigte Hao Chang aber nicht. Mit einem flüchtigen Blick auf seine Gattin fragte er mich nach einer Werkstatt. Ich nickte, verstand den jungen Ehemann, der seine ängstliche Frau vor Gefahren beschützen wollte, und erklärte ihm den Weg zum Gewerbegebiet.

Er setzte sich ins Auto und sie fuhren vom Hof.

»Was ist mit deinem Chinesen?«, fragte Carola später schnippisch. »Ich dachte, er wollte nach Linderhof.«

Wie zur Antwort ging die Tür auf und das junge Paar Chang kam wieder hereinspaziert.

»Everything okay with the car?«, fragte ich.

Hao Chang schüttelte den Kopf und machte ein betrübtes Gesicht.

»They try to find the damage«, sagte er, was ich freilich erst nach fünfmaligem Wiederholen verstand.

»No Linderhof?«, fragte ich und erhielt als Antwort ein freundliches Kopfschütteln.

»I can bring you«, entfuhr es mir überheilt. »And back you can go by bus.«

»No, thanks. We will walk through the village«, verstand ich nach langwierigem Nachfragen, was so viel Zeit beanspruchte, dass es nun für Linderhof wirklich zu spät geworden wäre.

»Chauffiere sie doch morgen gleich nach Neuschwanstein‹, meinte Carola. »So als Honeymoonservice bringt uns das sicher eine gute Bewertung.«

Der ›Walk through the village‹ ließ auf sich warten und in meiner Fantasie widmeten sich die Changs wieder einmal fernöstlichen Liebespraktiken, die mir ohnehin viel reizvoller erschienen als die baulichen Hinterlassenschaften des wundersamen Königs.

Als ich am nächsten Morgen zu gewohnter Stunde ins Gästehaus kam, stand der brandneue Ford schon wieder auf unserem Parkplatz.

»Goes it now to a castle?«, fragte ich die Changs, als ich sie im Flur traf, und wunderte mich über meinen deutschen Satzbau, der womöglich sogar den Regeln entsprach, mit Sicherheit aber nicht die Formulierung. Sie kam mir albern vor.

»Yes«, antwortete mir Hao Chang mit breitem

Grinsen, das sich Männer gerne nach befriedigender Liebesarbeit ins Gesicht zaubern.

»I know the castle!«, fügte er zu meiner Überraschung an und erklärte mir in seiner schwer verständlichen Art, dass er als Kind schon einmal mit seinen Eltern in der Gegend gewesen sei und diese nun seiner Frau zeigen wolle.

»Really?«, staunte ich und fragte: »And the car is okay? No Pneulight?«

»Sorry?«, fragte Hao Chang irritiert nach.

›Pneulight‹ war unglücklich gewählt.

»The warning light from yesterday. Is it repaired?«, präzisierte ich.

»Oh yes, yes!«, antwortete Herr Chang und seine Frau grinste dazu. »It was a nervous light. Good air in the wheel.«

Danach frühstückten sie mir eine Spur zu schweigsam. Ich hätte es gerne gehört, wenn sie mit einem lebendig gesprochenen Chinesisch den Frühstücksraum gefüllt hätten. Ein Paar in jungen Jahren sollte sich ständig austauschen, das war meine Meinung. Jetzt wären vielleicht abgelaufene Joghurts von Vorteil gewesen. Die etwas heikle Frau Chang würde sich vielleicht bei ihrem Mann darüber beschweren.

Nach dem Frühstück hörte ich den Dieselmotor des brandneuen Ford anspringen und sich vom Haus entfernen. Nachdem ich den Frühstücksraum auf- und die Spülmaschine eingeräumt hatte, fuhr der Wagen aber schon wieder vor. Mittlerweile erkannte ich das Motorengeräusch wie ein Hund den Wagen seines Herrchens.

Herr Chang klopfte an die Küchentür, während er

den Motor seines Autos laufen ließ. Es war Samstag, die Werkstätten waren geschlossen.

»Sorry!«, sagte er. »We have a problem with the car.«

»Pardon me?« Er wiederholte geduldig ein paarmal seinen Satz, bis ich verstand.

»No«, empörte ich mich, Anteil nehmend. »The wheellight again?«

»No, I don't know. No power! Would you please …?«

Er winkte mich abermals nach draußen, wo ich seine Frau regungslos wie einen fernöstlichen Androiden sitzen sah, die ich in der letzten Zeit in Zeitungen gesehen hatte. Diesmal kein Lächeln, sondern mit einem schwer genervten Gesicht, das auch ungeachtet der fremden Kultur sofort zu bemerken war. Es könnte ein schlechter Tag für die junge Ehe werden.

Leise grummelte der Diesel. Hao Chang hatte offenbar nicht gewagt, den Motor abzustellen. Er wirkte verzweifelt und ich tätschelte ihm kurz die Schulter.

Ich setzte mich auf den Fahrersitz und grüßte kurz Frau Chang, die lediglich nickte, sonst steif mit makellos glatter und weißer Haut vor sich hinstarrte.

Als ich meinen Blick dem Armaturenbrett zuwandte, erkannte ich eine brennende Lampe und die Aufforderung, augenblicklich eine Werkstatt aufzusuchen. Aus irgendeinem Grund piepte es im Auto. Vielleicht wegen des Problems, vielleicht aber auch, weil ich Platz genommen und mich nicht angeschnallt hatte. Oder aber der Sitz hatte sich das Gewicht des fahrenden Ehegatten gemerkt und erkannte nun eine bevorstehende Entführung der Jungvermählten. Vielleicht sprang das Bride-Kidnapping-Stop-System an?

»Maybe it's a mondaycar«, sagte ich so dahin, was mal wieder vollkommen unangebracht war.

Schon beugte Herr Chang seinen Kopf ins Wageninnere. Seine besorgten Augen trafen mich eine Antwort erheischend.

»Mondaycar? It's only allowed to drive on Mondays?«

»Oh, no«, wehrte ich ab und bereute meinen blöden Germanismus. »Please forget about it«, sagte ich mit konzentriertem Blick aufs Armaturenbrett, da ich leise Hoffnung schöpfte.

Ich bin kein Schrauber, verfüge lediglich über ein beruhigendes Wesen, das ich in Paniksituationen geschickt einzusetzen verstehe. Und eigentlich habe ich keine Ahnung, wie Autos heutzutage ticken, aber hier und jetzt kamen mir die Erfahrungen mit meinem eigenen sehr entgegen. Denn ich kannte das aufleuchtende Symbol. Es hatte irgendetwas mit dem Turbolader des Diesels zu tun. Leuchtet es, zeigt es die Inaktivität des Turboladers an und der normalerweise so sportliche Wagen fährt sich wie ein Gefährt aus der Dieselurzeit.

Ich hatte das Problem wiederholte Male und meine Werkstatt meinte einmal, dass der Bordcomputer hin und wieder überfordert sei. Nicht selten helfe, einfach mal an den Rand zu fahren, den Motor auszustellen, ein wenig zu warten und dann wieder zu starten.

Hoffend, dass es sich bei diesem Problem um diese launische Scheinfehlermeldung handelte, setzte ich alles auf eine Karte und wollte Eindruck schinden. Ich ließ den Motor laufen, verließ das Auto und öffnete die

Kühlerhaube. Gemeinsam mit Hao Chang guckte ich auf das mir unbekannte Wesen, griff hier nach einem Kabel, da nach einem Schlauch oder sonst was, zog ein wenig, ruckelte, tat kundig und schloss die Kühlerhaube wieder. Danach ließ ich mich erneut auf dem Fahrersitz nieder.

Bedeutungsvoll – man kann es auch theatralisch nennen – ließ ich noch einen Moment der Konzentration verstreichen, stellte dann den Motor ab, um ihn gleich darauf mit aufgeregtem Herzklopfen wieder zu starten. Was, wenn das Licht weiterhin leuchten würde? Die Hochzeitsreise bekäme einen nicht unerheblichen Makel. Als fernöstlicher Tourist mit einer anspruchsvollen Frau in die Ammergauer Alpen zu reisen und ihr keines der Schlösser zu bieten, stattdessen nur Werkstattaufenthalte wäre ein schlechter Einstand in die Ehe.

Eine spannende Sekunde verstrich, bevor klar wurde, dass ein weiterer Held in der Alpenregion geboren war. Das kritische Licht war erloschen, der Motor lief rund und sportlich, was das Durchtreten des Gaspedals bewies. Es war so, wie ich gehofft hatte.

»Ahh!«, machte da ein glücklicher Hao Chang und die Frau neben mir lachte das Lachen der freudigen Erwartung, bevor es Richtung Neuschwanstein ging. Ihr Mann stieg ein, gab ein paar Mal Gas, und winkend fuhren sie von unserem Parkplatz.

»Na, hast du die Ehe von deinem Chinesen gerettet?«, fragte mich Carola, die das Schauspiel durch das Küchenfenster mitverfolgt hatte.

»Hab ich!«, antwortete ich nicht ohne Stolz und

fragte, ob wir uns nicht mal wieder normal unterhalten könnten. Ihre Kommentare zu *meinem* Chinesen gingen mir langsam auf die Nerven. Was sie denn davon hielte, mit mir ins Theater zu gehen.

»Kultur!«, sagte ich. »Du weißt schon, so wie früher. Ein Gebäude mit Stuhlreihen, in dem man kein Frühstück machen muss.«

»Aha«, machte sie geheimnisvoll und zog ihre Augenbrauen nach oben. Ich deutete das als Einlenken.

Am nächsten Tag wollten die Changs ihre Reise fortsetzen. Neuschwanstein war ein voller Erfolg gewesen und Linderhof würde noch am heutigen Vormittag folgen, bevor es weiter nach Innsbruck ging. Als Hao Chang seine Kreditkarte aus dem Zahlungsterminal zog, blieb er noch eine Weile vor mir stehen und nickte andeutungsweise. Er wirkte unentschlossen, als ob ihm ein paar Gedanken durch den Kopf gingen. Ich wusste, dass sich die asiatischen Menschen mit einem Handschlag schwertaten. Der körperliche Kontakt mit Fremden war nicht ihre Sache.

Er sagte mir in seinem für mich gewöhnungsbedingt nun besser verständlichen Englisch, dass es bei uns sehr schön gewesen sei und es seiner Frau gut gefallen habe und sie beide sehr glücklich seien.

Wieder nickte er, hielt kurz inne, bevor er einen halben Schritt zurück machte, um mir dann plötzlich gleichsam mit einem kleinen Sprung um den Hals zu fallen. Seinen Kopf legte er mir dabei für einen kurzen Augenblick auf die Brust.

Es war ein befremdlicher Augenblick, aber ich erkannte durchaus die Wertschätzung dahinter. Ich freute mich.

Noch ein »Thank you«, und die Changs waren fort und ließen einen überraschten Gästehausbetreiber zurück, der in Sachen Fürsorglichkeit einen Roy Black locker in den Schatten stellen konnte. Carola hatte wohl recht. Ich hatte einen Honeymoon gerettet.

10. Dänen, die die Sehnen dehnen

Obwohl uns eine gemeinsame Grenze verbindet und im Norden von Deutschland eine Minderheit von ihnen lebt, hatte ich mit Dänen bis dato nichts zu tun. Wenn mich jemand vor unserer Gästehauszeit nach Dänen gefragt hätte, wären mir Lars von Trier oder Mads Mikkelsen eingefallen.

Es sollte aber nicht so bleiben. Und fragte man mich nun, nach erfolgtem Erstkontakt, nach dem typischen Dänen, würde ich sagen: »Die Dänen sind das sehnigste Volk der Erde.« Was wohl kaum der Wahrheit entspräche und womöglich ein unzutreffendes Vorurteil in die Welt setzen würde.

Schuld daran war eine Sportlergruppe, die geschlossen für ein Fahrradrennen aus dem Norden angereist war, das in Oberammergau startete und in Oberitalien endete. Wenn ich unsere dänischen Gäste in ihrer bunten, engen Radlerkluft durchs Haus huschen sah, das sie an diesem Wochenende komplett in Besitz genommen hatten, dann fielen mir schlanke, muskulöse und sehnige Körper auf – nie weit entfernt von hochpreisigen Fahrrädern.

Es waren neun aktive Sportler und zwei Frauen. Ich weiß nicht, wie es in Dänemark um das Rollenbild der Frau bestellt ist, diese Frauen jedenfalls waren mitgereist, um die Radfahrer mit Essen zu versorgen und ihre Wäsche zu waschen.

Für beides beanspruchten sie Terrain, das normalerweise nicht für Gäste vorgesehen war. Aber sie waren

Wiederkehrer und brachten eine Abmachung mit unseren Vorbesitzern ins Spiel, auf die sich vor allem Carola erst nach langem Zögern widerwillig einließ. Die Geißel einer schlechten Bewertung saß uns im Nacken. Und so erlaubten Carola und ich, dass sie in den Kühlschränken des Hauses ihre isotonischen Getränke bunkerten und unter dem Carport die Wäsche zum Trocknen aufhängten, die sie zuvor in unserem Keller gewaschen hatten.

Die radfahrenden Dänen waren eine von drei Sportlergruppen, die wir in unserem ersten Jahr beherbergten. Auf sie folgten finnische Langläufer im Februar und eine Gruppe jugendlicher Fußballer aus Augsburg, die im Mai des nächsten Jahres an einem Turnier teilnahmen. Gemeinsam war ihnen, dass sie sich alle problemlos und ungeniert in Doppelzimmern unterbringen ließen.

Eigentlich mochten wir es nicht, wenn unser Haus von homogenen Gruppen heimgesucht wurde. Egal, ob es sich um Sportmannschaften handelte oder Großfamilien, die sich für eine Kurzreise zusammengefunden hatten. Anders als bei voneinander unabhängigen Gästen, die zurückhaltend aneinander vorbeilebten, fühlten wir uns durch sie einer geballten Agenda ausgesetzt. Gruppen hatten etwas Besitzergreifendes, das Carola und mich in die Defensive drängte und uns das Gefühl vermittelte, die Souveränität über das Haus zu verlieren. Das mochten wir nicht. Da die drei Sportlergruppen aber nun mal zum Buchungserbe unserer Vorbetreiber gehörten, hatten wir das abzuarbeiten. Und sie waren allemal besser als eine feindliche Soldateska in Kriegszeiten, die mich eventuell im Carport aufgehängt hätte.

Die Finnen waren zu zehnt zum König-Ludwig-Lauf, dem größten Volksskilanglauf Deutschlands, angereist. Alljährlich hecheln bei guter Schneelage Abertausende von Skilangläufern in verschiedenen Wettbewerben durch die Naturparkregion Ammertal. Die aufsteigende Schweißwolke sorgt dann in den höheren Lagen für Tauwetter und erhöhte Lawinengefahr. Beim König-Ludwig-Lauf herrscht ein kleiner Ausnahmezustand im Ort. Kein Hotel ohne Skilangläufer. Allgegenwärtige Wachsstationen, kaum ein Mensch im Ort ohne Startnummer über dem Anorak.

Im Gegensatz zu ihren Landsleuten, die wir früher bereits im Gästehaus beherbergt hatten, waren die gruppenreisenden König-Ludwig-Lauf-Finnen weniger schweigsam. Ihre Gesichtsmuskulatur jedoch wirkte eingefroren wie der Untergrund, auf dem sie sich tagsüber verbissen fortbewegten. Im Frühstücksraum erinnerten sie mich an das Gesellschaftsspiel »Wer zuerst lacht«. Wäre das Spiel ein internationaler Wettbewerb, würden sich die Siegerlisten wohl immer finnisch lesen.

Ganz anders die Dänen: Ihnen stand ihre gute, siegesfrohe Laune offen ins Gesicht geschrieben. Der strahlende Sommer in der Alpenregion belebt die Gemüter weit mehr, als es ein frostiger Wintertag vermag.

Vielleicht bedeutet Skilanglauf auch insgesamt mehr Arbeit und Konzentration, als es beim Radfahren notwendig ist. Der finnische Ski beispielsweise benötigt zum König-Ludwig-Lauf einen glatten Belag. Nach anfänglichem Zögern überwog unsere Einsicht in die Notwendigkeit, das Wachs mit Bügeleisen auf den Skibelag aufzutragen. Daraufhin breiteten sich die Finnen beim Wachsen ihrer Skier mit verblüffender Geschäftigkeit in unserem Keller aus. Wären sie länger geblieben als nur ein Wochenende, sie hätten vermutlich eine bügeleisenbetriebene Sauna in einen der Kellerräume gebaut. So aber blieb es beim Wachsen der Skier. Allerdings tranken die Finnen – obgleich Leistungssportler – dabei reichlich Bier. Partykeller mit Wachsaroma.

Im darauffolgenden Frühling zog dann die Fußballmannschaft bei uns ein. Die etwa vierzehn- bis fünfzehnjährigen Spieler waren für ein Wochenende mit dem Trainer zu einem kleineren Turnier angereist. Wenn die stets rotwangigen, gut temperierten Jugendlichen durchs Treppenhaus lärmten, veränderte sich schlagartig das Raumklima. Die Luftfeuchtigkeit stieg an, die Fenster beschlugen und die lackierten Treppenstufen bekamen einen rutschigen Belag. Zu allem Überfluss regnete es draußen in Strömen, was die grundsätzliche Luftfeuchtigkeit über Gebühr hoch hielt.

Auch der Fußballtrainer gehörte zur Erblast unserer Vorbetreiber und brachte von diesen die Quasierlaubnis mit ins Haus, in gewissem Umfang einen Wäscheservice bei uns beanspruchen zu dürfen: Folglich lief die Waschmaschine rund um die Uhr und unermüdlich drang das Rotieren der Trocknertrommel aus den Kellerräumen nach oben, als befände sich dort unten ein Maschinenraum, ohne den das Leben im Gästehaus zum Stillstand käme. Leider entnahm der Trockner nichts von der Luftfeuchtigkeit der oberen Etagen.

Die Wochenenden mit den Sportlern gehörten insgesamt nicht zu den glücklichsten Stunden unseres Betreiberlebens. Stutzig wurde Carola, als sich am Sonntagmorgen die Nachfrage nach Toilettenpapier auffällig häufte. Vier jugendliche Fußballspieler baten um Nachschub.

In der Küche raunte mir Carola ärgerlich zu: »Jedes Zimmer hat drei Rollen Klopapier. Das hat bisher immer übers Wochenende gereicht. Macht Fußballspielen Durchfall?«

Ihre Frage zeigte mir, dass sie sich mit der erwachenden Sexualität von vierzehnjährigen Jungen bisher nie beschäftigt hatte. Meine Gedanken machten einen Schwenk in meine Jugend. Damals hatte ich in der Bravo gelesen, dass ein Fünfzehnjähriger (genau kann ich mich nicht mehr festlegen, aber …) etwa viermal hintereinander könne. Über den Zeitraum eines Tages um einiges mehr. Freilich war ich nicht der Einzige, der das wusste. Als ich während einer unsäglichen Jugendfreizeit auf einer einsamen Berghütte mit acht Gleichaltrigen in einem Schlafsaal untergebracht war, brach sich die Enthemmung in einem Wettbewerb bahn. Es dauerte nicht lange, da herrschte in den Schlafsäcken meiner Mitbewohner reichlich Bewegung und auf dem Hüttenklo Papiermangel.

Ich hielt mich da raus, ging in die ungeheizte Hüttenküche einen Stock tiefer, fror, las in meinem Buch und wartete, bis die Competition beendet sein würde.

Ich war jetzt dumm genug, Carola Andeutungen zu meiner Jugend zu machen, um ihr so den erhöhten Toilettenpapierbedarf in unserem Gästehaus zu erklären. Eigentlich verfügte ich über ein gutes Warnsystem, das mich darauf hinwies, wann das friedliche Miteinander gefährdet sein könnte. Das aber versagte heute. Ich berichtete ihr von meiner jugendlichen Hüttenfreizeit.

»Ihr habt was?!«, fauchte sie mich an. »Was erzählst du mir da? Das ist ja widerlich!«

Carola sah mich an wie einen Fremden.

»Ich habe da nicht mitgemacht«, gab ich zu meiner Rechtfertigung zurück. »Ich wollte dir lediglich einen kleinen Einblick gewähren, wie Buben so ticken.«

»Das glaube ich nicht«, empörte sich Carola weiter. »Und was hast du derweil gemacht?«

»Gelesen«, sagte ich.

»Du hast gelesen, während um dich herum alle um die Wette onaniert haben?«

»Ich hab in der Küche gelesen.«

»Und was hast du gelesen?«

»Sartre.«

»Sartre? Mit vierzehn?«

»Ja, aber ich kann dich beruhigen. Es war *Der Ekel*.«

Die Vorstellung, wie sich unsere jugendlichen Gäste in unserem Haus die Zeit vertrieben, überforderte Carola vollständig. Sie wollte nicht länger mit den Fußballjungen unter einem Dach sein. Bevor sie fluchtartig das Gästehaus verließ, stellte sie unser Buchungsportal so ein, dass niemals wieder eine größere Gruppe unsere Zimmer buchen konnte.

Der Start des Radrennens war für einen Sonntag im August angesetzt, die Zeit bis dahin verbrachten die Dänen mit Training, Wäsche waschen, Wäsche zum Trocknen aufhängen und dann wieder Training. Zwischendurch ertüchtigten sie sich im Carport oder Vorgarten mit gymnastischen Übungen. Sie dehnten ihre sehnigen Körper und hielten sich fit. Ihre ausnahmslos hochpreisigen Fahrräder nahmen sie nachts mit aufs Zimmer. Vielleicht liebkosten sie ja ihre Räder im Bett? Gibt es erotische Beziehungen zu Fahrrädern?

Am Samstagnachmittag kam einer der Dänen in seiner bunten Rennradkluft und mit seinen auf dem Parkettboden klackenden Rennradschuhen bedrückt in die Küche gestakst. Trotz seines Kummers, der ihm anzusehen war, lag auf seinem Gesicht diese dänische Grundfröhlichkeit. Ich räumte wie so oft die Spülmaschine ein, als er mir in seinem für Dänen typisch spitzen Akzent sagte, ihm sei sein Rennrad gestohlen worden.

»Was?! Wann?«, fragte ich erschrocken. »Wo, hier? Aus dem Zimmer? Dem Carport?«

»Nein«, antwortete er. »Während des Trainings. Ich war im Wald und musste mal. Da habe ich das Fahrrad an einen Baum gelehnt und bin tiefer ins Dickicht. Als ich zurückkam, war es weg. Was soll ich machen? Dreitausend Euro!«

»Das ist ja furchtbar«, stieß ich entsetzt aus. »Und morgen ist der Start.«

»Ja, morgen zehn Uhr.« Er grinste gequält und hob hilflos seine Schultern.

»Jetzt habe ich kein Fahrrad!«, fügte er hinzu und wandte sich schon zum Gehen, als ich ihn instinktiv aufhielt.

»Warten Sie«, rief ich. »Kann ich Ihnen helfen? Das Fahrrad suchen? Zur Polizei? Oder ich bring Sie zu einem Fahrradgeschäft. Und Sie kaufen ein neues? Oder leihen eins aus.«

Der enttäuschte Däne winkte ab und schüttelte den Kopf.

»Ein neues kaufen?«, sagte er. »Zu teuer. Ausleihen geht nicht. Ich fahre damit nach Italien. Polizei?« Er wog den Kopf. »Vielleicht, ja. Doch ich glaube, der Dieb war ein Profi. Das Rad ist bestimmt schon weit weg.«

Mir tat der niedergeschlagene Sportler leid. Ich überlegte, was ich noch für ihn tun konnte. Da fiel mir das rote Rennrad von Alyonas Cousin ein. Seitdem es dieser Vladimir bei uns zurückgelassen hatte, stand es gut versteckt hinter einem zusammengeklappten, aufrechtstehenden Biertisch im hintersten Eck des Carports, das von der Straße aus nicht einzusehen war.

»Moment«, hielt ich den Dänen mit erhobenem Zeigefinger auf, »ich möchte Ihnen was zeigen.«

Er folgte mir in den Carport und beobachtete mit Interesse, wie ich den Biertisch zur Seite räumte und das rote Rennrad zum Vorschein kam. Ich nahm das Rad bei Lenker und Sattel und lehnte es an einen Pfosten des Carports.

»Ist das ein gutes Rad?«, fragte ich. »Ich kann das nicht beurteilen.«

Der Däne ging vor dem Fahrrad in die Hocke, begutachtete und testete die Schaltung, die Bremsen, dann hob er es, um das Gewicht zu prüfen.

»Ist nicht schlecht«, war sein erstes Urteil und ich hörte noch Formeln wie KCNC und Campagnolo und Grand Prix 400S.

»Wem gehört das Rad?«, fragte der Däne.

»Das hat ein Gast hiergelassen«, verbog ich ein wenig die Wahrheit. »Er wollte es nicht mehr.«

»Wirklich?«, staunte der Däne. »Das ist ein gutes Rad. Und ich könnte es nehmen?«

»Es ist Ihres«, sagte ich mit einer generösen Handbewegung. »Ich brauche es nicht.«

»Kann ich es ausprobieren?«

»Es ist Ihres«, wiederholte ich. »Man müsste vielleicht die Reifen aufpumpen.«

»Okay, dann pumpe ich Luft in die Reifen und teste es. Das mache ich gleich.«

Eine halbe Stunde später stand der Däne wieder in der Küche, mit einem strahlenden Gesicht und hinter ihm im Foyer des Gästehauses das Rennrad – ein Bild, das ich an diesem Wochenende schon gewohnt war.

»Das Rad ist gut«, sagte er. »Ich würde damit morgen starten.«

»Wirklich?« Ich staunte, dass das Rad den Anforderungen dieses kritischen Dänen entsprach.

»Ich müsste ein bisschen daran arbeiten«, sagte er. »Schaltung einstellen, Kette ölen, Bremsen nachziehen. Und Sie sind sicher, dass es niemand vermisst?«

»Das vermisst niemand.«

Ich war froh darüber, dass das Rad auf diesem Weg

aus dem Ort verschwinden würde. Ja, ich wollte es ursprünglich zur Polizei bringen. So aber hatte es etwas von ausgleichender Gerechtigkeit.

Zwei Wochen später bekam ich eine E-Mail von unserem dänischen Gast mit dem Foto eines freudestrahlenden Vierundreißigsten des Rennens. Dazu leider ein paar Zeilen des Bedauerns, denn einen Wermutstropfen gab es: Einen Tag nach Zieleinlauf in Parma– man glaubt es nicht – war ihm auch dieses Rad gestohlen worden.

11. Das Klavier

Ein paar Kilometer entfernt, in dem Ort, wo wir wohnten, klingelte es eines Abends an der Haustür. Draußen stand eine junge Frau in einem farbenprächtigen Dirndl, das Haar zu einem Kranz geflochten. Neben sich zwei Jungen in Lederhosen und hirschhorngeknöpften Hemden. Brauchtum drang aus jeder Pore dieser drei Gestalten.

»Griaß di«, sagte die junge Frau. »I bin di Margit und ghör zum Dallmeyer Vinzenz drei Heisa weida. Die Buam san der Fidelius und der Benedikt, die Neffen vom Vinzenz, und jetz mei Geleitschutz. I dat eich eilodn zu meinem Dreißigschten nächste Woch bei uns im Stadl. Woits kemma? S wird a grosches Fest.«

Carola, die zu mir an die Tür getreten war, zeigte sich über die Einladung richtig entzückt.

»Oh, ja, gerne!«, erwiderte sie mit echter Freude und lachte die Margit an und die beiden Buben und sogar mich.

Ich teilte ihre Freude über die Idee allerdings nicht. Die Vorstellung, mich unters Volk zu mischen, missfiel mir. Ich brauchte das Carola gar nicht erst mitzuteilen, sie sah es an meinem missmutigen Gesicht.

»Das tut dir ganz gut, unter die Leute hier zu kommen«, sagte sie, kaum dass die Haustür geschlossen war. »Schließlich wohnen wir jetzt hier. Denk doch an deine Geschichte mit dem Kanu. Du musst einer von hier werden, dann bekommst du auch einen Liegeplatz.«

»Wenn man nicht von hier ist, wird man nie von hier sein«, entgegnete ich.

»Außerdem ist es nett, ein wenig die Menschen kennenzulernen. Soziale Kontakte!«, sagte sie und blinzelte mich vielsagend an.

»Die Gästehausgäste sind mir Kontakte genug«, entgegnete ich.

»Mir nicht!«, entschied Carola und ließ keinen Zweifel daran, dass sie unbedingt mit mir zu diesem Geburtstagsfest gehen wollte. Sie erinnerte mich auch daran, dass ich ihr versprochen hatte, mehr für unsere Beziehung zu tun. Sie sei schließlich nicht nur die Wäschemagd.

Am nächsten Wochenende machten Carola und ich uns also auf zum Feierstadl. Carola im Dirndl wie eine Hiesige und ich in Jeans und weißem Hemd wie der Zuagroaste, der ich war. Wir staunten nicht schlecht, wie viele Leute sich hier tummelten. In einem zu einer Seite hin geöffneten Stadl, der sonst den landwirtschaftlichen Fuhrpark eines befreundeten Dorfbauern beherbergte, waren zahlreiche Biertischgarnituren aufgestellt. Und neben zwei großen Bierfässern lockte ein üppiges Buffet mit allerlei Köstlichkeiten. Von freier Platzwahl konnte allerdings nicht mehr die Rede sein und wir waren froh, dass Katja uns zu zwei Plätzen neben sich winkte. Sie war unsere Nachbarin zwei Häuser weiter. Mit ihr verband Carola schon eine zarte Freundschaft. Von Katja wusste Carola auch, dass Margit und Vinzenz beide Lehrer waren und kurz vor der Hochzeit standen. Wir kämpften uns durch einige vollbesetzte Bankreihen bis zu Katja durch, Carola nahm neben ihr Platz und ich neben Carola. Um an dem gemeinsamen Gespräch teilzunehmen, musste ich mich weit nach vorne beugen und hoffen, dass Carola sich ein Stück zurückbewegte, was sie aber nicht tat. So resignierte ich bald schon und ließ meine Blicke über die dicht besetzten Tische schweifen. Plötzlich stand Margit vor mir, grüßte, freute sich, dass wir gekommen waren, und erinnerte mich daran, dass es Getränke und Essen gab, so viel wir wollten. Ich dankte ihr und wünschte ihr alles Gute zum Geburtstag, der ja schon vor drei Tagen gewesen sei, wie sie meinte.

Dann erst nahm ich den Nachbarn zu meiner Rechten wahr, einen Herrn um die vierzig, wie die meisten hier in Lederhosen. Zu seiner Rechten wiederum ein weiterer Lederhosenträger, genauso ihm gegenüber.

»Griaß di«, sagte mein Nachbar, ich grüßte zurück und sagte, dass es hier ja recht voll sei.

»Wo's a Bier gibt, san d'Leit«, meinte mein Nachbar nur.

Ein Kommentar, den die anderen beiden Lederhosenherren lachend erwiderten und zum Anlass nahmen, kräftige Schlucke aus großen Bierkrügen zu nehmen.

Obwohl die Herren an meinem Tisch Gesprächsbereitschaft signalisiert hatten, fühlte ich mich nicht wohl in meiner Haut. Von Carola zu meiner Linken, die sich ganz Katja und ihrem Dorftratsch widmete, kam ich mir im Stich gelassen vor. Das beste Mittel gegen mein Unwohlsein erschien mir jetzt das Bier. Also fragte ich Carola nach ihrer Bestellung und zog los.

Als ich wenig später Carola das Weißbier reichte,

setzte ich mich wieder, nicht minder verloren als vorher, und klammerte mich an meinen Bierkrug. Die Herren zu meiner Rechten entkrampften meine Situation mit dörflicher Raffinesse, indem sie mir ihre Bierkrüge mit einem markigen »Oiso, dann prosit!« entgegenhielten.

Ich stieß mit ihnen an und deutete die drei Herren als Kollegen von Vinzenz. Vermutlich unterrichtete der eine Mathematik, der andere Chemie und der dritte, so muskulös, wie der gebaut war, Sport. Offenbar hatten sich zur Feier beide Lehrerkollegien versammelt, samt Freunden, einigen Verwandten und Einheimischen.

Carola und Katja blieben ins Gespräch vertieft. Den Herren neben mir war nicht weiter nach Reden zumute, stattdessen tranken sie recht zügig ihre Krüge leer, worauf sie sich neue holten. Ich sah mich mehr oder weniger gelangweilt um.

Wie gut, dass bald so etwas wie der offizielle Teil des Abends losging. Margit stieg am anderen Ende des Stadls auf einen Stuhl und begrüßte herzlich alle Gäste; für die drei Herren neben mir ein Ansporn, mit ein paar kräftigen Schlucken ihrem Bier zuzusprechen.

Jetzt erst bemerkte ich die kleine Bühne, ungefähr fünf Tische von uns entfernt, auf der sich drei junge Burschen mit ihren Instrumenten, einem Akkordeon, einem Cello und einer Gitarre, positioniert hatten und nun von Vinzenz dem Lehrer sangen, der sich in einem anderen Ort nach seinem Madl ›umgschaugt‹ hatte, was im Lied ein bisschen als Affront rüberkam, da die hiesigen ihm wohl nicht gut genug erschienen. Das Lied war mit derbem Humor gespickt, der mir nicht so gefiel. Aber so waren sie wohl, die Menschen auf dem Land, denn nach Abschluss der Darbietung brandete Applaus auf.

Nach einem kurzen Meinungsaustausch mit Carola, wie es mir hier gefiele, sie fühle sich wohl, schön sei es, einmal was anderes zu erleben als das Gästehaus, und ja, sie sehe in dem Abend ein Stück Integration in die dörfliche Gemeinschaft, die ihr nicht unwichtig sei, stießen wir an und tranken einen Schluck. Was ein Signalreiz für meine drei männlichen Nachbarn war. Sie wirkten schon nicht mehr ganz nüchtern.

Auf der Bühne wurde das Programm fortgesetzt. Ein älteres Paar und ein junger Mann wagten sich vor das Publikum. Wie sich schnell herausstellte, handelte es sich um Margits Eltern und ihren Bruder. Angereichert mit vielen Fotografien, die ein Beamer auf eine Leinwand warf, schilderten sie allerlei Augenblicke aus dem Leben der quirligen und so musikalischen Margit, die ja schon mit vier angefangen hatte, Klavier zu spielen.

Nun, nach dem Umzug, sei sie ein wenig unglücklich darüber, dass das geliebte Klavier hatte zurückbleiben müssen, weil es ja so schwer und der endgültige Wohnsitz vor Ort noch nicht geklärt sei. Nein, nein, keine Bedenkzeit in Sachen Vinzenz, den liebe sie, den wolle sie heiraten, aber sie planten ja einen Hausbau, dann erst sollte ihr altes Klavier einziehen. Und es folgte ein Lied über ein Klavier. Am Ende brandete wieder Applaus auf und wieder würdigten die drei Herren neben mir das Gehörte mit kräftigem Bierzuspruch.

Da ich mich weiterhin als Fremdkörper fühlte und recht stumm verhielt, das Bild des einsamen Wolfs

aber ungern nach außen trug, wollte ich dagegen an-
steuern.

Eigentlich bin ich ja ein recht unkomplizierter,
geselliger Mensch. Aber wenn ich mich quasi zur
Interaktion genötigt fühle, dann neige ich zu miss-
lungenen Auftritten. Der Klaviervortrag ließ mich an
Loriot denken, den ich dem allgemeinen deutschen
Kulturgut zuordne und der darum wohl auch jedem
Lehrerkollegium bekannt sein dürfte. So sprach ich
nach Beendigung des Elternsketches in Sachen Tas-
teninstrument laut in den Raum: »Oh! Ein Klavier,
ein Klavier!«

Als meine Äußerung im Nichts verhallte oder im
Lärm unterging oder sonst wo, und ich jetzt, da ich
mich aus meinem Panzer herauswagte, nicht ungehört
bleiben wollte, wiederholte ich vernehmlich: »Oh! Ein
Klavier, ein Klavier!«

Daraufhin setzte neben mir mein Nachbar sei-
nen Krug ab, aus dem er eben noch einen kräftigen
Schluck Bier genommen hatte, stupste mich unsanft
an, schenkte mir einen ebenso glasigen wie zornigen
Blick und fragte mit einer gewissen Aggression in der
Stimme. »Ja, siagst du hier irgendwo a Klavier?«

Seine Erscheinung hatte plötzlich etwas Bedrohliches
angenommen. Als ich darauf erst einmal nichts erwiderte und er mich eine Weile ansah wie einen un-
liebsamen Verwandten, der einen Teil seines Erbes
einforderte, wiederholte er seine Frage: »Siagst du da
irgendwo a Klavier, oder was?«

Unter Schweißbildung auf dem Rücken und in den
Handflächen erklärte ich ihm schnell, dass mich die

Sache mit dem Klavier an einen Sketch von Loriot erinnert hatte, nämlich den, wo die Familie anlässlich der Lieferung von Omas Klavier die Dankesszene übte, mit der sie dieser eine Freude machen wollte. Ich glaubte mich zu erinnern, dass die Szene auf Video festgehalten werden sollte und die Klavierträger unter größten Mühen das Klavier immer wieder neu ins Zimmer tragen mussten, bis der regieführende, von Loriot dargestellte Familienvater schließlich zufrieden war. Das wirkte umso komischer, weil der stets zu wiederholende Freudenruf »Oh! Ein Klavier, ein Klavier!« mehr und mehr erlahmte.

Doch meine Erklärungen vermochten keine Klarheit in die Sache zu bringen, sie bewirkten wohl eher das Gegenteil. Mein Nachbar fragte also erneut: »Siagst du hier irgendwo a Klavier, oder was?«

Ich glaubte mich zu erinnern, dass ich eine Art Wiederholung schon bei dem Versuch kennengelernt hatte, mein Kanu auf dem Gemeindeplatz am See unterzubringen. Ich fragte mich jetzt, ob das ein ländliches Mittel sein könne, seinem Gegenüber mit Gewalt eine Übermacht vorzutäuschen, um mich – den Gegner – in eine ungewollte Defensive zu bringen, die unüberlegtes Handeln zur Folge hätte, und ihm damit einen Verhandlungsvorteil verschaffte. Oder einen Angriffsgrund. Aber über was verhandelten wir hier eigentlich?

»Sag, siagst du a Klavier?«

»Jetzt loß eam!«, versuchte ihn ein anderer Biertrinker zu beruhigen.

»I wui wissen, ob er irgendwo a Klavier siagt!«

»Nein«, entgegnete ich knapp.

»Was redstn dann?«

Der Friede war vorerst wiederhergestellt. Ich ließ meinen etwas ratlosen Blick über die Gäste schweifen. Die Gesichter vieler Menschen hier zeigten mittlerweile Spuren reichlichen Bierkonsums. Ich sah einen Herrn mit Hut aus einem Kurzschlaf erwachen, an seine Brusttasche greifen und, da er darin nicht fand, was er erwartete, seinem Nachbarn, den er wohl für den Dieb hielt, einen Faustschlag verpassen. Der Getroffene fiel rücklings von der Bierbank. Das Verhalten hatte aber nichts weiter zur Folge. Etwas verdattert mühte sich der Geschlagene wieder auf die Bierbank und als der Schlagende seine Zigaretten schließlich in einer anderen Tasche entdeckte, stießen die beiden ihre Krüge gegeneinander und leerten sie.

»Siagst du da a Klavier?«, fragte mein Nachbar nun wieder mit bekannter Hartnäckigkeit und deutete in die Richtung, wo Margits Eltern dem Auditorium das Drama um das Klavier ihrer Tochter geschildert hatten. Ich fragte mich einmal mehr, was mein Nachbar mit dieser sinnlosen Frage bezweckte. Klar war mir mittlerweile, dass er nach nun einigen Bieren nicht mehr der Mensch war, als den ich ihn kennengelernt hatte. Und ich bezweifelte auch, dass es sich beim Großteil der Menschen hier um Kollegen von Vinzenz und Margit handelte. Ich konnte mir nur schwer vorstellen, dass es zum Alltag im Lehrerzimmer gehört, den Kollegen mit einem Faustschlag vom Stuhl zu holen, nur weil man seine Zigaretten nicht findet. Auch glaubte ich, dass die Zeit in den Unterrichtspausen zu kostbar ist, als dass man seine Kollegen mit der immer gleichen Frage traktiert.

»Ja, was«, sagte jetzt mein Nachbar. »Er siagt koa Klavier, oder?«

»Nein«, sagte ich. »Hab ich doch schon gesagt.« Ich hielt ihm zu einem versöhnlichen Prosit meinen Bierkrug entgegen.

»Geh, schleich di«, sagte da mein Nachbar und wandte sich rülpsend von mir ab. »So a Aff. Red vom Klavier, obwoi koans da is.«

Irgendwann drehte sich Carola zu mir um und verkündete mit leuchtenden Augen, dass es hier so schön sei. Sie fühle sich richtig unters Volk gemischt und wir hätten nächste Woche eine Einladung zum Grillen bei Katja. Auf mein Nicken dazu wollte sie wissen, ob ich mich mit meinen Nachbarn auch unterhalten würde.

»Ja!«, antwortete ich.

»Über was denn?«

»Über Musikinstrumente.«

»Musikinstrumente«, fragte Carola verwundert, »wieso das? Welches Instrument denn?«

»Klavier«, sagte ich.

»Klavier? Warum? Hier ist doch kein Klavier. Siehst du hier ein Klavier?«

Die Frage ließ mich am ganzen Körper erstarren, richtiger gesagt: Ich fing an zu zittern. Eine unterbewusste Macht drängte nach oben.

»Frag mich das nie wieder!«, stellte ich unmissverständlich klar. »Freu dich einfach, dass ich noch am Leben bin.«

»Spinnst du? Was ist denn mit dir?«, fragte Carola

beinahe entsetzt und ihre Miene verfinsterte sich. »Gefällt's dir hier wieder nicht? Jetzt sei mal schön fröhlich!«

»Ich bin fröhlich!«, zischte ich.

»Na, ich lass mir jetzt nicht den Abend von dir verderben.«

Carola wandte sich wieder ihrer neuen Busenfreundin Katja zu und mich rettete der nächste Sketch.

Ein junger Mann stand – wen wundert's – in Lederhosen und mit einem bayerischen Hut auf der Bühne. Ein Akkordeon vor der Brust, begann er zu spielen und zu singen. Ich erkannte in dem jungen Mann Margits Bruder, der wohl ähnlich die Musik in sich aufgesogen hatte wie seine ältere Schwester. Um sie ging es im Lied … und um die Männer. Der Text war gar nicht mal so gut.

Da stupste mich mein Nachbar wieder an und sagte:

»A Quetsche. Hot a Tastatur wia a Klavier.«

»Ja«, antwortete ich, das Versöhnungsangebot annehmend. »Schifferklavier.«

»Was soi i?! Sag amoi spinnst du?«, blaffte er da zurück.

»Jetzt loß eam doch!«, besänftigte da wieder sein Nachbar.

»Er hot zu mir gsogt: Schiff ans Klavier! Sog amoi, der spinnt doch. Sogt der, i soi ans Klavier schiffen. Was für a Klavier überhaupts?«

»Naaa«, hielt ihn der andere weiter zurück. »Er is doch a Preiß. Schifferklavier hot er gsogt. Des sogn d'Preißn zu a Quetsche.«

»Bist du a Preiß?!«, fragte da mein Nachbar.

Doch war ich bereits aufgestanden und hatte Carola was von ›Übelkeit‹ ins Ohr geflüstert. Carola nickte und sagte, sie komme auch bald nach Hause. Bei meinem Gang durch die Biertische sah ich jetzt Margits Eltern wieder auf der Bühne. Und ich staunte, dass plötzlich ein Klavier neben ihnen stand. Ja, was war denn das?

Ich hörte sie erklären, dass sie es vorhin spannend machen wollten. Und dass sie die Margit ja nie und nimmer ohne ihr Klavier in die Welt ziehen lassen würden. Sie hätten es unter Mühen mitgebracht.

Da sah ich Margit mit einem gellenden Schrei aus der Mitte der Menge aufspringen. Sie klatschte in die Hände und rief: »Oh, mein Klavier, mein Klavier!«

12. Das Pufferzimmer oder:
Wie Brauchtum entsteht

In den ersten Monaten unseres Gästehausbetriebs war die Überbuchung ein allgegenwärtiges Schreckgespenst. Die Buchungen unter Kontrolle zu halten, war schwierig, da unsere Gäste ihre Zimmer zumeist mit einem Klick über ein Onlineportal reservierten. Andere allerdings wandten sich direkt mit E-Mails an uns oder griffen zum Telefon. Dabei den Überblick über die vergebenen Zimmer zu behalten, erforderte eine gewisse Sorgfalt. Der ständige Abgleich zwischen online gebuchten Zimmern und den übrigen war dringend geboten. Direkt über uns gebuchte Zimmer mussten im Onlineportal gleich gesperrt werden. Hier schlummerte eine gefährliche Fehlerquelle, vor allem für uns Neulinge, für die es kaum einen Bereich gab, der nicht volle Aufmerksamkeit und Konzentration erforderte. Wir mussten uns etwas einfallen lassen und entschlossen uns nach kurzen Überlegungen zu einem Pufferzimmer, wie wir es nannten. Ein Zimmer, das im Vergleich zu unseren anderen sieben Zimmern nicht vermietet wurde und immer zur Verfügung stehen sollte – für den Fall der Fälle. Unter dem Dach hatten wir eine kleine Zweizimmerwohnung. Eines dieser Zimmer war dafür bestens geeignet. Als sich Carola daran gemacht hatte, unser Pufferzimmer einzurichten, war das die Geburtsstunde einer neuen Ära. Das Zeitalter des Gestaltens war eingeläutet.

Carola blühte förmlich auf. Das Streichen der Wände

mit einem schönen Himmelblau, die Anschaffungen eines stylishen Fernsehers und eines Bauernbetts sowie das Anbringen gewagter Vorhänge weckten in ihr die im Waschkeller verschütteten Lebensgeister. Das Einrichten des Zimmers bereitete ihr so viel Freude, dass sie davon nicht mehr lassen konnte und sich fortan ans Umgestalten des gesamten Gästehauses machte. Bald schon führte sie Begriffe wie Designer- und Arthotel im Munde.

»Was willst du denn mit einem Arthotel in Oberammergau?«, fragte ich sie zweifelnd.

»Das ist was ganz Neues. Jedes Zimmer hat seinen eigenen Charakter und kann ein Stück moderne Kunst sein. Ich lass mir was einfallen.«

»Was denn für Kunst?«

Sie zuckte mit den Schultern.

»Tja«, machte sie. »Vielleicht Objekte. Irgendwas Verrücktes, Stylishes.«

Carola geriet in einen Einrichtungsrausch und das Internet war die ideale Plattform, diesen auszuleben. Mit einem Klick waren hier auf schnellstem Wege stylishe Dinge geordert: Lampen, Nachtkästchen, Wandablagen, Hocker, Stühle, Tische, Vorhänge. Als Argument diente Carola, endlich alles Grüne der Vorbetreiber restlos zu eliminieren.

Freilich kaufte sie nicht alles neu, manchmal reichte schon das Umstellen von Möbeln. Und da Trial and Error das Grundprinzip ihres Einrichtens war, beschäftigte auch ich mich zusätzlich mit Schieben und Schleppen von Möbelstücken. Weil mein Bewegungsapparat schon einige Jahre auf dem Buckel hat, war meine Salbe, die ich mir für den Kreditkartenarm beschafft hatte, bald bis zur Hälfte verbraucht. Oft, wenn ich vom sehr frühen Frühstücksdienst erschöpft in den Seilen hing, vernahm ich Carolas Ruf durchs Haus, ob ich nicht mal eben kommen könne, sie habe da eine Idee für beispielsweise den alten Tisch oder das große Regal. Dann sehnte ich mich nach den Anfangszeiten, als wir noch keine Mietwäsche hatten und Carola wäschegebunden im Keller weilte.

Man kann durchaus behaupten, dass das Erwachen von Carolas ungebändigtem Gestaltungswillen das Ende meiner Blütezeit als Betreiber markierte und ich mehr und mehr zum Gehilfen einer spät berufenen Innenarchitektin wurde.

Ihre für mich nicht ganz nachvollziehbare Strategie sah vor, dass sie im Internet mehr und mehr Möbel bestellte, bevor es Gelegenheit gab, die alten auszurangieren. Der laufende Gästebetrieb zwang meine ungeduldige Frau immer wieder zu zermürbender Warterei mit Möbelstau. Den Gästen ihre Möbel unter dem Hintern auszutauschen, kam schließlich nicht infrage. Platz, um Möbel unterzubringen, war somit sehr gefragt.

Durch das tägliche Räumen, Schieben und Gestalten – mal gemeinsam, gerne aber auch von Carola alleine – entzog sich mir bald die Kontrolle über die wartenden Möbel. An einen Tisch mehr im Frühstücksraum, einen Sessel zu viel im Gang, ein provisorisch untergebrachtes Regal in der Küche gewöhnte ich mich schnell. Genauso aber verlor auch Carola den Überblick und wir beide begannen, die Verantwortung und Verwaltung über die ›Wartemöbel‹ im Unterbewusstsein dem anderen zuzuschreiben. Carola konnte nicht wissen, dass ich dafür vollkommen ungeeignet war.

Unsere Frühstückspension lief gut, Gäste kamen und gingen. Man konnte sagen, wir waren so gut wie immer ausgebucht. Das Thema Überbuchung spielte bald schon keine Rolle mehr. Routine machte sich bei uns Gästehausbetreibern breit. Wir hatten die Sache nun gut im Griff. Und unser Pufferzimmer harrte der Gäste, die zu viel gebucht waren. Aber die gab es nicht.

An einem kalten Januartag gegen Mittag änderte sich das. Carola war beim Einkaufen und ich alleine im Haus, als es an der Tür klingelte und ein Araber nicht lange auf der Schwelle verharrte, sondern mit großen Schritten – ja, man kann sagen – das Gästehaus stürmte. Er stellte seinen Koffer ab und rieb sich die Oberarme.

»Very cold!«, sagte er.

»Yes«, erwiderte ich zurückhaltend und registrierte einmal mehr, wie unterschiedlich die Gäste bei uns vorstellig wurden. Die einen scheu ihre Reservierung unterbreitend, die anderen wortkarg das Haus erobernd, so wie dieser arabische Gast.

Nur … wir erwarteten gar keinen arabischen Gast. Und wir waren voll ausgebucht. Er nannte mir seinen langen arabischen Namen, der mit Abdullah begann.

»You booked?«, fragte ich.

»Sure!«, tönte er mit einer gewissen Grundarroganz, die einen ersten freundlichen Gesichtsausdruck nicht zuließ. Aber nicht wegen seines zur Schau gestellten arabischen Ernstes spürte ich kleine Schweißperlen sich auf meinem Rücken zusammenrotten, um in einem Sturzbach der Schwerkraft zu folgen. In meinem Gehirn rasten die Gedanken. Wir waren ausgebucht, so viel wusste ich, jedes Zimmer belegt. Gleichzeitig musste ich die Form wahren und schleunigst einen Blick ins Buchungssystem werfen, um zu sehen, was da los war. Ich bot ihm den Platz auf dem Sessel neben der Eingangstür an und bat ihn: »Would you please wait a second?«

Im Buchungsordner, wo wir die Ausdrucke aufbewahrten, fand ich keinen Abdullah mit heutiger Anreise. Ich startete das Buchungsportal, ging auf unsere Seite und siehe da, da tummelte er sich dreist mit heutiger Anreise. Wie konnte es passieren, dass wir die Buchung nicht in den Ordner übertragen und sein Zimmer erneut vergeben hatten?

Augenblicklich schoss mir die Erkenntnis durch den Kopf, dass uns jetzt nur das Pufferzimmer retten konnte.

»Sir?« Mit dem ungeduldigen Ruf von Abdullah über den Flur durchs beinahe ganze Haus war mir klar, dass ich keine Zeit mehr hatte, das unbenutzte Zimmer zu überprüfen. Aber das musste ich eigentlich auch nicht. Denn oberste Maxime war, das Zimmer stets einsatzbereit zu halten, wie einen Feuerlöscher oder Notfallkoffer.

Ein paar Minuten mochte ich vielleicht im Büro im ersten Stock gewesen sein. Für einen ungeduldigen Araber zu lange. Als ich wieder auf der Treppe erschien, wedelte er mit Blick auf seine Uhr mit dem Anmeldezettel.

»I like to go skiing today. I have to rent some skis and others. Can I see my room?«

»Sure!«, antwortete ich und lächelte freundlich. »Would you follow me, please?«

Er folgte mir die Treppe hinauf in den ersten Stock und als ich mit Herzklopfen auf die nächste Treppe einschwenkte, sagte er: »Oh, under the roof. Fine!«

»You like skiing?«, fragte ich so nebenher.

»I don't know!«, antwortete er zu meiner Überraschung. »It will be the first time. I'm in Frankfurt for a meeting and now I have two days off. I thought, I go to the Alps for skiing.«

»Oh!«, sagte ich überrascht. »Maybe you'll better take a teacher?«

»Oh no«, sagte er. »I've seen it in Dubai. We have a great skiing hall. The mountain there is a little higher than here. I've seen my cousin when he tried it.«

Ja, ich hatte von der Skihalle in Dubai gehört. In unseren Breiten hatten wir ja Ähnliches zum Thema Südsee, Palmen und Strand zu bieten. Nur nicht so gigantisch.

Oben angekommen, zeigte ich ihm das außerhalb des Zimmers gelegene Badezimmer. Es blitzte vor Sauberkeit, die Handtücher waren an Ort und Stelle. Ja, das Pufferzimmer war bestens präpariert und Abdullah nickte zufrieden.

»Nice, I've got an appartement with separate bathroom.«

Als ich die Tür zum Zimmer öffnete, traf mich allerdings der Schlag. Was war das denn?

Hinter mir hörte ich Abdullah sagen: »Oh ... very special!«

Direkt hinter der Tür und vor dem Bett stand aufrecht zur Seite gekippt wie eine menschengroße Kunstinstallation ein Dreiersofa. Für Sekunden befand ich mich in einer Schockstarre.

Aber schnelles Handeln war gefragt. Und wie ich mit rasenden Gedanken nach einer plausiblen Erklärung für dieses Sofa suchte, begannen meine Worte sich selbstständig von den Lippen zu lösen.

»Yes«, hörte ich mich sagen, »it's special. We're an arthotel.«

Ich sah Abdullah von der Seite an, sein Blick war unverändert ernst, er rieb sich wieder die Oberarme und antwortete lediglich: »Cold here!«

Ich merkte, dass ich mich auf dünnem Eis bewegte und ihm das aufrechte Sofa nur schwerlich als Kunstobjekt oder Installation verkaufen konnte. Ich brauchte eine andere Erklärung, die unseren Ruf als Gästehausbetreiber nicht aufs Spiel setzte.

»Oh«, schoss es spontan aus mir heraus. »In this case it's really special. We forgot. Because in Germany it's an old tradition during the changing of the years and some days after. We are tilting furniture to the side so that the problems and worries and bad dreams in the new year don't find a place. I forgot to replace the sofa. Sorry. I will do it immediately.«

Bedeutungsvoll zückte ich mein Handy aus der Hosentasche, um Alyona so schnell wie möglich herzubestellen, damit ich mit ihr das Sofa aus dem Zimmer schaffen könnte. Nach unten, egal wohin. Nur raus hier.

»Wait!«, hielt mich Abdullah spontan zurück und lachte das erste Mal, seit er im Gästehaus eingetroffen war. »It's a very nice tradition. There are some troubles in my life. So maybe a German miracle will happen. Leave it like that for one night, please. But it's cold here. I think I need one more heater.«

»Yes, sure. And you want the sofa here for one night? Just like it is? It's ok?«

»Yes, yes!«, sagte er und lachte.

Das German miracle geschah bereits. Erstaunlich, wie Abdullah reagierte. Vielleicht aber, argwöhnte ich schnell, willigte er nur deswegen zum Verbleib des Sofas ein, da er insgeheim darauf spekulierte, das Möbelstück anzuzünden und somit das Zimmer zu wärmen. Von arabischen Gästen hörte man ja so einiges. Offene Feuerstellen in Zimmern waren keine Seltenheit. Ich brauchte dringend einen Heizlüfter.

Bevor ich das Zimmer verließ, zwängte ich mich am Sofa vorbei, ging ans Fenster und drehte die Heizung auf höchste Stufe.

»You bring me one more heater? You know, I'm from Dubai.«

»A heater, yes«, sagte ich, wandte mich vom Fenster wieder dem Raum zu und sah das Sofa wie einen unbeholfenen Leibwächter vor der Tür und neben dem Schrank. Ich konnte nicht glauben, dass Abdullah es ernst meinte.

»You have possibilities to rent skis?«, fragte er.

Ich nickte und auf dem Weg zur Tür erklärte ich

ihm, dass er am Skilift Ski und Schuhe leihen könne. Dann verließ ich unser Pufferzimmer, um im ortsansässigen Elektroladen einen Heizlüfter für Abdullah zu kaufen.

Später mit der Überbuchung konfrontiert, war Carola freilich erstaunt und ärgerte sich über unseren Fehler, wog sich aber zugleich in Sicherheit, da sie von der Funktionstüchtigkeit des Pufferzimmers überzeugt war.

»Da hat sich das Pufferzimmer endlich gelohnt!«, sagte sie.

Ich staunte über ihre Reaktion, Carola war die Ruhe selbst und räumte die Einkäufe in den Kühlschrank. An das Sofa verschwendete sie keinen Gedanken und ich erwähnte es auch nicht.

Eine halbe Stunde später war alles anders. Ich wollte gerade den neu erworbenen Heizlüfter in Abdullahs Zimmer bringen, als mich Carola auf der Treppe aufhielt. Voller Aufregung, mit aufgerissenen Augen, wie elektrisiert.

»Da ist doch das neue Sofa im Pufferzimmer!«, sagte sie. »Wo hast du es hingetan?«

»Sofa?«, fragte ich. »Welches Sofa?«

»Na, das Sofa, das ich mit Alyona ins Pufferzimmer hinaufgetragen hatte, weil ich nicht wusste, wohin damit.«

»Du meinst die Kunstinstallation in unserem Arthotel?«, fragte ich.

Carola verdrehte die Augen.

»Jetzt sag schon!«

»Abdullah wollte es im Zimmer.«

»Das Sofa? Aber es hat doch keinen Platz.«

»Er wollte es so, wie er es vorgefunden hat.«

»Aufrecht? Spinnst du?«

»Wegen des altdeutschen Brauchs.«

»Würdest du bitte mit dem Blödsinn aufhören!« Carola presste mir ihren geflüsterten Schrei entgegen. »Wo ist das Sofa?«

Und dann erzählte ich ihr die Geschichte mit dem altdeutschen Brauch und dass Abdullah davon begeistert war. Carola schüttelte nur den Kopf und zeigte mir einen Vogel. Fürs Erste sprach sie kein Wort mehr mit mir. Dabei war ich gänzlich ohne Schuld.

Am nächsten Tag wünschte uns ein glücklicher und entspannter Abdullah einen guten Morgen. »A very good tradition!«, strahlte er uns an und zückte sein Smartphone. »I had a fabulous sleep this night. I feel really better and I wrote my family about this German tradition. And my son likes this tradition too, you see?«

Er hielt uns sein Smartphone vor die Augen. Auf dem Bild sahen wir seinen etwa zehnjährigen Sohn in Dubai. Er stand im recht edlen Ambiente des heimischen Wohnzimmers, neben sich ein Sofa aufrecht zur Seite gekippt.

Wenig später blickten Carola und ich uns eine Weile schweigend in die Augen. Ich spürte, wie sie an meinem Verstand zweifelte. Ich zuckte voller Unschuld mit den Schultern und sagte: »So entsteht Brauchtum.«

13. Die Toilettenschwerpunktwoche

Unsere Gästezimmer erstreckten sich über drei Etagen. Da Carola gerne Aufzüge benutzt, wenn sie mehr als eine Etage zurücklegen muss, wir aber keinen Aufzug besaßen, kam für spontane Glühbirnenwechsel oder Heizkörperentlüftungen nur ich infrage. So war in mein Arbeitsleben auch ein gutes Fitnesstraining eingebunden und eigentlich hätte ich im ersten halben Jahr an Gewicht verlieren müssen, wenn, ja wenn …

Bedauerlicherweise wuchs im gleichen Zeitraum nämlich mein Unbehagen über das Schicksal der Nahrungsmittel, die unser Frühstücksbuffet überlebten. Gemäß der Weisung, Käse, Wurst und anderes Verderbliches am nächsten Tag nicht wieder anzubieten, wuchs sich unser Kühlschrank zusehends zu einem unübersichtlichen Zwischenlager von Lebensmitteln aus. Wofür allein ich verantwortlich war. Denn bei Carola galten – Ablaufdatum hin oder her – Lebensmittel bereits eine halbe Stunde nach dem Öffnen der Verpackung als ungenießbar. Sie zeigte wenig Skrupel, Lebensmittel notzuentsorgen, wie sie es nannte.

Mein Gewissen hingegen wurde zu einer Zeit angelegt, als die Medien die humanitäre Katastrophe in Biafra – damals ein Land in Afrika – auf die Mattscheiben der Schwarzweißfernseher brachte. Aus dieser Nachrichtenwelt war das Elend als willkommene Maßnahme in die deutsche Nachkriegserziehung eingezogen. Jedes Mal, wenn ich auf meinem Teller einen Krumen Brot, ein Stück Wurst oder Käse zurücklassen wollte, setzte ich mich dem Vorwurf aus, keine Dankbarkeit für mein Wohlergehen zu zeigen, ebenso wenig Mitgefühl für die hungernden Kinder in Biafra. Das hatte dazu geführt, dass ich immer alles aufaß, was ich vorgesetzt bekam, und binnen weniger Monate zu einem bewegungseingeschränkten Kind geworden war. Dicke waren nach meiner damaligen Überzeugung Menschen, die Afrika vor der Hungersnot retteten.

Als mittlerweile vegetarischer Gästehausbetreiber war mir jetzt aber klar, dass ich für das Schicksal der verschmähten Frühstückswurst nichts tun konnte. Wie als Ausgleich dafür vertilgte ich so gut wie alle anderen, nicht fleischlichen Reste unseres täglichen Frühstücksbuffets, wie etwa sechzigprozentigen Camembert, Tilsiter, Emmentaler oder Eier. Nicht zu vergessen all die Joghurts, die als einzige so lange ein Pendlerdasein zwischen Kühlschrank und Buffet führen durften, bis der Datumsaufdruck darüber verfügte, dass sie nun ausschließlich in meinen Schlund zu wandern hatten. Egal wie viel Fett oder Zucker als Passagiere auf dem Joghurtlöffel saßen.

Carola hatte dafür nur ein Kopfschütteln übrig. Mein anwachsendes Schnaufen auf Treppengängen kommentierte sie mit dem Wunsch, nicht bald schon Witwe sein zu wollen. Nicht gerade jetzt, wo wir doch unser Leben geändert und das Gästehaus übernommen hatten. Sie könne das unmöglich alles alleine schaffen.

Manchmal aber meinte das Schicksal es gut mit mir. Eines Tages hatten wir die Wesels im Haus, ein Buffet leerendes, keinerlei Reste hinterlassendes Paar. Man sah ihnen das auch ein wenig an. Darüber hinaus waren sie vor allem sehr mitteilsam.

Bald schon blieb Carola und mir nicht verborgen, dass sie ein mittelständisches Unternehmen führten, das sich auf den Einbau von Kleinkläranlagen spezialisiert hatte. Kleinkläranlagen hatten bisher in meinem Leben keine entscheidende Rolle gespielt. Mit den Wesels aber war ich binnen zweier Smalltalks im Frühstücksraum auf dem Kenntnisstand eines Vertreters von Wirbel-Schwebebett-Anlagen. Schnell beherrschte ich das Basiswissen. Was ich bei unserem ersten Gespräch nicht behalten hatte, wurde während des zweiten Frühstücks wiederholt und vertieft. Dabei erwies sich Frau Wesel als die Gesprächigere von beiden. Man konnte den Eindruck gewinnen, dass sie die Zügel des Unternehmens in den Händen hielt.

»Wissen Sie, drei Tage von zu Hause fort ist eine Seltenheit bei uns«, ließ sie mich wissen. »Eigentlich können wir uns das gar nicht erlauben. Unser Geschäft boomt. Viele ländliche Regionen sind ja nicht an die Kanalisation angeschlossen. Und da die Versitzgrube nicht mehr den Hygienevorschriften entsprechen, kommen wir zum Einsatz.«

Ihr Mann unterstützte ihre Ausführungen mit einem Kopfnicken. Und ich tat es ihm gleich, schwenkte allerdings meinen Blick bald prüfend über das Buffet oder auf die Tische der anderen Gäste, ob eventuell Nachschub nötig sei.

»Unser Schwiegersohn, der Dietmar, der ist jetzt zum ersten Mal alleine in der Firma. Er soll ja den Betrieb einmal übernehmen.« Frau Wesel wiegte den Kopf, um ihrem Zweifel Ausdruck zu verleihen. Ihrer Geste folgten die Worte:

»Mein Mann und ich sind uns da nicht so sicher, ob unser Schwiegersohn das schon alleine schafft. Der Einbau der Wirbel-Schwebebett-Anlage braucht eine gute Erstbetreuung. Der Dietmar ist ein schlauer Bursche, keine Frage, aber wir haben ihn mit einem nicht ganz einfachen Kunden zu Hause gelassen. Gewissermaßen die Feuertaufe. Wie ist es denn bei Ihnen? Sie sind an die Kanalisation angeschlossen?«

»Davon gehe ich aus«, sagte ich.

»Eine Kleinkläranlage wäre auch für so ein Gästehaus was Feines«, pries Frau Wesel ihr Geschäft an. »Die Pumpen arbeiten ohne Probleme.«

Als ich schon darauf gefasst war, Einzelheiten über das Pumpensystem der Wirbel-Schwebebett-Anlage zu erfahren und was das alles kosten würde, klingelte das Smartphone von Herrn Wesel.

Ich nutzte die Gelegenheit, mich mit einem Lächeln von ihrem Tisch abzuwenden und zum Buffet zu gehen. Damit war aber das Thema Kleinkläranlage keineswegs abgeschlossen.

»Nein, Dietmar!«, hörte ich da die sonore Stimme von Herrn Wesel hinter mir. »Nachklärung heißt in diesem Fall, dass die Reststoffe aus der biologischen Reinigung absinken und mit luftgetriebenen Ejektoren in die Belebungskammer zurückgefördert werden.«

Es folgten ein paar bejahende Laute wie »Mhh, ja-ja, mmhhm, ja-ja, richtig-richtig!« Und dann: »Moment! Das gereinigte Klarwasser fließt über den Ablauf in den Naturkreislauf zurück. Nichts anderes geschieht.«

Dann wieder: »Mhh, mmhhm, mmhhm!«

Pause.

Darauf mit Nachdruck: »Nein, da ist keine Chemie im Spiel! Es handelt sich hier um eine biologische Reinigung, in der sich Mikroorganismen als Biofilm auf freischwebenden Aufwuchskörpern ansiedeln.«

Diese Lektion war jetzt bei jedem im Frühstücksraum angekommen. Und ich sah bei den anderen Gästen Erleichterung darüber, dass sich die Mikroorganismen nicht auf ihren, in den Händen schwebenden Brötchenhälften angesiedelt hatten.

Als ich mir noch Gedanken darüber machte, wie ich Herrn Wesel höflich darum bitten könnte, seine Lautstärke herunterzufahren, beendete er das Telefonat. Zu meiner Überraschung standen die Wesels jetzt sogar von ihrem Tisch auf und brachen mit einem netten Gruß in den touristischen Tag auf.

Zurück blieben ein junges französisches Paar und zwei Herren, die mir nicht ganz geheuer waren, seit sie gestern in unserem Gästehaus angekommen waren. Der Grund war nicht, dass es zwei Herren in einem Zimmer waren. Längst hatten Carola und ich uns an gleichgeschlechtliche Paarungen in unseren Doppelbetten gewöhnt. Nicht alle waren Lebenspartner. Bei den Handwerkern etwa, die uns nicht selten über mehrere Tage besuchten, um beispielsweise große Heizkessel im Freibad zu reinigen, war mir klar, dass da auf dem Zimmer nichts lief außer dem Fernseher. Hin und wieder waren die gleichgeschlechtlichen Zimmerpaarungen indes eindeutiger. Bei diesen beiden Herren hier lag ein Beziehungsgedanke durchaus nahe. Der eine, ein rundlicher Herr um die fünfzig, der an den Promifriseur Udo Walz erinnerte, und der andere ein etwa dreißigjähriger, zurückhaltender, junger Mann mit Oberlippenbart. Stutzig gemacht hatte mich bei der Anmeldung ihr eindringliches Beharren auf ihrem Status als Geschäftsreisende, um der Tourismusabgabe zu entgehen. Daher resultierten auch meine Vorbehalte gegenüber diesen beiden. Diese Beharrlichkeit in Bezug auf Einsparen von Kleinstsummen. Vielleicht wurde eine Geschäftsreise mit solcher Vehemenz in den Vordergrund geschoben, um jeden Verdacht der gleichgeschlechtlichen Liebe von sich zu weisen? Ein Verhalten, das doch eigentlich der Vergangenheit angehören sollte.

Als ich ihnen gestern erklärt hatte, dass ich bei Geschäftsreisenden eine Visitenkarte benötigte, hatte der ältere schnell ein kleines Stück Karton gezückt, auf dem ich lediglich etwas von einer Behörde im fränkischen Raum lesen konnte. Erklärend hatte er hinzugesetzt, sie testeten auf der Suche nach Unterbringungen für Flüchtlinge verschiedene Regionen auf ihre Infrastruktur hin. Da das vor dem Hintergrund der ansteigenden Flüchtlingswelle eine löbliche Unternehmung war, gab ich mich mit der Auskunft zufrieden.

Sympathisch aber waren sie mir nicht und ich war froh, dass sie nach dem Frühstück zügig abreisten. Meine Freude darüber aber sollte nur kurz währen, denn sie hatten für eine unangenehme Hinterlassenschaft gesorgt.

Kurz nachdem Alyona das von den Herren verlassene Doppelzimmer zur Reinigung betreten hatte, kam sie in heller Aufregung ins Büro gestürmt und bat mich eindringlich, ins Zimmer 3 zu kommen.

»Bittä, schnäll!«

Die ihre Worte begleitende Miene gab Anlass zur Sorge. Ehrlich gesagt hatte ich bei der sonst so grundfröhlichen Alyona einen solchen Gesichtsausdruck noch nie gesehen. Ihre Stirn war in Falten gelegt. Ekel drückte die zugleich um ein Lächeln bemühten Mundwinkel nach unten und zeigte ihre makellosen unteren Schneidezähne.

»Nicht erschräckän«, warnte mich Alyona vor, als wir uns dem Zimmer näherten und mein Puls nach oben ging. »Ist nicht schän, ist in Duschkabinä! Hier, bittäschän!«

Alyona blieb neben der Dusche stehen. Die milchglasigen Duschwände waren zur Seite geschoben und gaben den Blick auf ein Bild frei, das einer provozierenden Installation in einem Museum für zeitgenössische Kunst gleichkam. Der Duschkopf war aus der Wandhalterung genommen und lag mit dem Brausesieb nach oben in der Duschwanne. Auf dem Brausesieb thronte perfekt platziert ein Fäkalienhaufen wie ein kleiner übergewichtiger König auf dem Thron der Selbstgerechtigkeit. Fürs Erste fehlten mir die Worte.

Alyona durchbrach das Schweigen: »Ist unmäglich. Wälcher Idiott macht das? Wär war hier in Zimmär?«

»Zwei Männer«, sagte ich.

»Zwei Männär?«, erwiderte Alyona mit Entsetzen. »Was für Männär? Was die haben gemacht?« Geschickt flocht Alyona eine dramatische Pause ein. »Habän sich gägänseitig Duschkopf in Hintärn gäschobän?«

»Keine Ahnung«, sagte ich und zweifelte, ob das Ergebnis von Alyonas vermuteter Praktik das hier vorliegende Bild abgeben würde.

»Ich hole eine Plastiktüte!«, wandte ich mich nach überwundener Schockstarre tatkräftig an Alyona, »und helfe Ihnen, die Spuren zu beseitigen.«

Mit weichen Knien eilte ich in die Küche, wühlte im ungeordneten Tütenlager und kehrte gleich drauf mit einem stabilen Plastikbeutel zu Alyona zurück, die in der Zwischenzeit zum Bettenmachen übergegangen war. Mittlerweile schien sie sich von ihrem Schreck erholt zu haben, denn sie musste lachen, als sie mich bewaffnet mit der Tüte ins Bad gehen sah.

»Wartän Sie, iechhh kommä!«, kicherte sie.

Wir einigten uns darauf, dass ich, während Alyona den Duschkopf am Schlauchansatz anhob, mit der Tüte das Unheil auffangen würde. Als nächsten Schritt wollte ich die Tüte fest zubinden und mich ans Abmontieren des Duschkopfes machen.

»Gäht so?«, fragte Alyona nun neben mir, die Finger von sich gestreckt. Ekel stand ihr wieder im Gesicht, sodass ich auf die Idee kam, sie für den heutigen Tag von diesem Zimmer zu befreien. Außerdem hatte Alyona schon zuvor signalisiert, dass sie heute früher wegmüsse.

»Machen Sie das Zimmer morgen fertig«, erklärte ich. »Das mit dem neuen Duschkopf dauert sowieso noch.«

»Dankä. Wärdä iechhh machän«, sagte sie.

Mittlerweile hatte ich den Duschkopf vom Schlauch gelöst. Jetzt musste ich ihn schleunigst in die Mülltonne werfen und ein neues Exemplar montieren, das ich glücklicherweise im Keller vorrätig hatte. Danach, so hoffte ich, werde diese unangenehme Nahkoterfahrung schnell in Vergessenheit geraten und der Tag seinen gewohnten, ruhigen Verlauf nehmen.

Doch weit gefehlt, ich hatte meine Rechnung ohne die Wesels gemacht, die, ich war gerade im Eingangsbereich an der Rezeption beschäftigt, ins Haus stürmten, als suchten sie Schutz vor einem Wolkenbruch.

Während Herr Wesel sein Ohr am Telefon hatte, bannte mich mit ihrem energischen Blick seine Frau, die unter der Eile, in der die beiden sich befanden, ihre Worte herausschnaufte.

»Wie gut, dass wir Sie antreffen«, keuchte sie. »Könnten Sie uns bitte gleich die Rechnung fertig machen? Wir müssen sofort abreisen. Sorry, aber unser Dietmar ist überfordert. Wir zahlen selbstverständlich den vollen Preis. Drei Tage hatten wir ja vor zu bleiben. Es ist wirklich schön bei Ihnen, doch leider …«

Frau Wesel rollte die Augen.

»Nein«, hörte ich in ihrem Rücken ihren Mann eindringlich auf den Gesprächspartner einreden, »wenn du zu viel Abwasserauftrieb hast, dann hast du was falsch gemacht. Da darf nichts von unten nach oben drücken! Hast du denn …«

Das Telefon am Ohr, verschwand Herr Wesel die Treppe hinauf auf sein Zimmer. Ich ging ins Büro und während ich die Rechnung der Wesels zusammenstellte, beschlich mich der Verdacht, ob ihre Abreise womöglich was mit den Vorkommnissen in Zimmer 3 zu tun haben könnte. Saß ich hier einer perfiden Werbestrategie auf, die den Absatz von Wirbel-Schwebebett-Anlagen erhöhen sollte? Sollte mir Glauben gemacht werden, dass sich der Scheißhaufen dank Abwasserauftriebs durch den Brausekopf gedrückt hatte? Steckten die Herren mit den Wesels unter einer Decke?

Als seien sie auf der Flucht, hatten die Wesels binnen zehn Minuten ihre Koffer gepackt, die Rechnung bezahlt und sich mit Bedauern und den besten Grüßen an die Frau Gemahlin von mir verabschiedet. Und fort waren sie.

Am nächsten Morgen hatte der Biafra-Effekt bei mir seine Wirkung verloren. An seine Stelle trat eine seltsame Gleichung. Wenn die von Carola und mir bereitgestellte Nahrung dazu diente, sie als verdaute Ausscheidung auf einem unserer Duschköpfe zu platzieren, dann wäre es zweifellos ratsam gewesen, den Gästen die Nahrung vorzuenthalten, etwa indem ich das Essen vorsorglich weggeworfen hätte.

Ich muss zugeben, ein etwas merkwürdiger Gedanke. Moralisch gesehen erschien mir das aber ebenso gerechtfertigt, wie ich als Pazifist einen Verteidigungskrieg für tolerabel halte. Kurz: Vor dem Hintergrund meiner neuen Erlebnisse sah auch ich mich nun im Recht, Nahrungsmittel – falls erforderlich – einfach wegzuwerfen. Bald merkte ich, dass diese These meiner Figur sehr gelegen kam.

Bis heute aber denke ich darüber nach, warum unserem Duschkopf so ein Schicksal hatte widerfahren müssen.

14. Die Feinrippunterwäsche

Zwar hatte ich den Zivildienst in einem Pflegeheim abgeleistet, das hieß jedoch nicht, dass fremder Leute Unterwäsche seitdem eine größere Anziehungskraft auf mich ausübte. Einen Tag nach unserem Dusch-kopfabenteuer rief eine Dame an, welche die Unter-wäsche ihrer Mutter vermisste. Ihre Eltern, ein älteres Ehepaar, hätten in der Woche zuvor ein Wochenende bei uns verbracht und wie es aussah, habe ihre Mutter die neue, hochpreisige Unterwäsche in unserem Haus vergessen. Reflexartig positionierte ich mich in Ab-wehrhaltung. Der Verdacht lag einfach zu nahe, dass neues Ungemach aus dem Intimbereich unserer Gäste über uns hereinbrechen wollte. Ich hatte wirklich keine Lust darauf.

Ob ich denn mal im Zimmer 3 nachsehen könne?

Auch noch das Duschkopfzimmer! Hinter meinem Abwehrwall verneinte ich die Frage entschieden. Auf die vermisste Unterwäsche fremder älterer Damen reagierte ich mit kompromissloser Ablehnung. Die Unterwäsche war nicht da, und aus.

Ich erklärte, dass unser Personal die Zimmer bei der Reinigung stets gründlich durchsuchten und die in-frage stehenden Dinge dabei sicher aufgetaucht wären. Es tue mir leid.

Zum Schluss äußerte sie die Bitte, ob ich so freund-lich wäre, ihr die Unterwäsche zuzuschicken, falls sie sich doch noch fände. Es handele sich um recht teure Teile, die sie ihrer Mutter zu Weihnachten geschenkt hatte. Die Anruferin nötigte mich noch, ihre Adresse aufzuschreiben, dann war das Telefonat beendet.

Später, in der Küche, wo Carola gerade Tassen in die Schränke räumte, fragte ich sie nach teurer Unterwäsche älterer Damen. Sie warf mir einen irritierten Blick zu, so als hätte sie viele Jahre mit einem ihr völlig fremden Mann verbracht, der nun seine speziellen Neigungen offenbarte.

»Es ist nicht so, wie du denkst!«, stellte ich sogleich klar und beeilte mich, Carola über die weitere Episode aus dem Intimbereich der Gäste aufzuklären.

»Was?«, empörte sie sich. »Wir schicken doch keine Unterwäsche durch die Gegend! So weit kommt's noch. Zudem ist meines Wissens nichts aufgetaucht, oder?«

»Es ist nichts aufgetaucht!«, bestätigte ich und hielt es im Übrigen wie Carola.

Für den Nachmittag hatten sich Gregor und Rosie bei uns angemeldet. Sie sind gute Freunde und wollten sich nach unserem nun schon über ein Jahr dauernden Landabenteuer ein unverstelltes Bild machen. Besonders Gregor, denn er war Drehbuchautor und gierte immer nach originellen Storys. Außerdem wollten sie beide mal in die Berge. Als wir sie bei ihrer Ankunft mit einem Kaffee im Frühstücksraum begrüßten, hatten sie es allerdings nicht eilig, in die Natur zu kommen. Sie bewiesen Sitzfleisch. Entgegen unserer Gepflogenheit, unangenehme Themen aus unserem Gästehausbetrieb für uns zu behalten, brachte Carola zu meiner Überraschung das Gespräch recht schnell auf die vermisste Damenunterwäsche.

»Stellt euch vor«, verkündete sie, um dann mit einem

leisen Unterton der Empörung von dem Wunsch der Anruferin zu berichten.

»Wirklich?!«, staunte da Rosie gleich. »Dazu gehört was, die Unterwäsche seiner Mutter einzufordern.«

Gregor lachte dazu. »Na ja«, sagte er. »Selber traut man sich nicht, das Thema anzusprechen. Da schickt man seine Kinder vor.«

Von Carolas Mitteilsamkeit ermuntert, erlaubte ich mir noch einmal den Vorstoß und erkundigte mich wieder nach teurer Unterwäsche für ältere Damen. Vielleicht konnte ja Rosie hier Wissenswertes beisteuern.

Leider irrte ich mich. Auch Rosie schenkte mir nur einen fragenden Blick und überließ das Gespräch ihrem Mann, der nun Feuer und Flamme war angesichts der Neuigkeiten bei uns.

»Tolle Geschichte«, schwärmte er und nippte an seinem Kaffee. »Aber schon auch nachvollziehbar. Die Unterwäsche war ein Geschenk der Tochter an die Mutter, sagtest du?«

»Ja.«

»Hatte sie gesagt, ob sie gebraucht war?«

»Bitte, Gregor! Du musst nicht so ins Detail gehen«, entrüstete sich Carola. Vermutlich bereute Carola bereits, davon angefangen zu haben.

»Nein«, antwortete ich Gregor. »Hat sie nicht gesagt.«

Rosie meinte: »Mit Unterwäsche impliziert man immer, dass sie gebraucht ist. Das ist ja das Unangenehme an dem Thema. Aber sie kann durchaus auch neu gewesen sein.«

»Dann wohl zumindest schon gewaschen«, sagte ich. »Denn neue Textilien aus dem Geschäft sollte man stets waschen, bevor man sie anzieht. Fabrikneue Unterwäsche nimmt man nicht mit auf die Reise.«

»Das sehe ich auch so«, sagte Gregor. »Aber wenn gewaschen, dann ist Unterwäsche nicht mehr neu. Insofern ist die Formulierung der Anruferin nicht ganz richtig, wenn sie von ›Neuer Unterwäsche‹ spricht. Der Wert von neuer Unterwäsche sinkt in den Keller, sobald sie gewaschen ist. Ähnlich wie bei einem Neuwagen, der vom Fabrikgelände fährt.«

»Gibt es Auskünfte darüber, ob sie ungewaschen und ungetragen zurückgelassen wurde?«, wollte jetzt Rosie wissen.

»Das ist nicht der Punkt«, versuchte sich eine nun spürbar unwillige Carola ins Gespräch einzuschalten. »Bei zurückgelassener Unterwäsche denkt man per se an gebrauchte und deswegen telefoniert man ihr nicht hinterher.«

»Kommt ganz darauf an«, gab ich zu Bendenken.

»Worauf?« Rosie gefiel das Thema.

»Na ja, wo sie zurückgelassen worden ist«, sagte ich.

»Wie, wo zurückgelassen?«, wollte sie wissen.

»Wo war das bei euch gleich wieder?«, fragte nun auch Gregor.

»Bei uns wurde keine Unterwäsche zurückgelassen«, beteuerte ich. »Die Zimmermädchen kontrollieren die Zimmer.«

Am Tisch herrschte nun eine merkwürdige Stimmung. Es war mir schon klar, dass unsere Worte in der bunten Wolke der Ironie über dem Tisch schwebten.

Dennoch war spürbar, dass echte Meinungen vertreten wurden. Dieses Gespräch barg die Gefahr, aus dem Ruder zu laufen, das merkte ich an Carola, die längst bedauerte, davon angefangen zu haben.

»Bei Unterwäsche verhält es sich bestimmt anders als bei den Klassikern, die vergessen werden«, warf Gregor ein. »Etwa Ladegeräte oder Bücher.«

»Bei uns wurde noch kein Ladegerät vergessen«, hielt ich dagegen.

»Doch«, korrigierte mich Carola. »Und ein Netz-steckeradapter.«

»Aber lass uns noch ein bisschen bei der Unter-wäsche bleiben«, forderte Gregor. »War es Feinripp?«

»Wollen wir nicht über etwas anderes reden?«, schlug ich vor.

»Lass doch mal«, meinte Gregor. »Ist gerade so spannend. War es Feinripp?«

»Das hätte sie mir am Telefon sagen müssen«, erwiderte ich. »Wie gesagt: Wir haben keine gefunden. Abgesehen davon glaube ich nicht, dass Frauen Feinripp tragen. Carola trägt kein Feinripp.«

»Was redest du da über meine Unterwäsche?!«, verbat sich Carola.

»Ich spreche nicht über deine Unterwäsche«, verwahrte ich mich, »du hast ja kein Feinripp.«

»Ich glaube schon, dass es Feinripp für Frauen gibt«, sagte Gregor.

»Natürlich gibt es Feinripp für Frauen«, bestätigte Rosie.

»Wirklich?«, staunte ich. »Ein Arbeiterunterhemd für Frauen?«

»Feinripp ist nicht gleich Arbeiterunterhemd«, stellte Carola unmissverständlich fest.

Am Tisch kam es zu einer kleinen Verschnaufpause. Ob Feinripp oder nicht, führte uns nicht weiter.

Da nahm Gregor wieder das Wort auf: »Bleibt aber die Frage, wo die Dame die Unterwäsche gelassen hat, wenn nicht bei euch.«

»Ich weiß es nicht«, sagte Carola jetzt gereizt. »Reden wir bitte über was anderes.«

Carola hatte ihre gute Laune eingebüßt und wenn Gregor seine Neugierde nicht bändigte, würde es kein gutes Ende nehmen. Er zeigte nun seine grundsätzliche Lust an der Provokation. Manchmal fehlte es ihm einfach an Einfühlungsvermögen, zu erkennen, wann es genug war. Dabei hätte es ein schöner Besuch werden können.

Mit triumphierendem Grinsen zückte er jetzt sein Smartphone und sagte, dass er mal googeln wolle, was für eine Botschaft hinterlassene Unterwäsche darstelle. Vielleicht verhielt es sich ja ähnlich wie mit zurückgelassen Projektilen, die man nach Mafiamorden findet. Die nämlich vermelden den Hinterbliebenen, dass sie die Nächsten sein könnten. Womöglich ist zurückgelassene Unterwäsche ein Zeichen für Wohlbefinden oder der Hinweis, dass man nackt schliefe, verbunden mit dem Angebot, sich beim nächsten Mal gerne dazuzugesellen. Dass die Mutter der Anruferin um die siebzig war und gemeinsam mit ihrem Mann das Zimmer geteilt hatte, kümmerte Gregor nicht weiter. Ich kenne die Swinger-Szene nicht, hielt er dagegen.

»Herhören!«, sagte er jetzt mit Blick auf sein Smart-

phone und hob seinen rechten Arm wie ein Viertkläss-
ler in der Grundschule. Er las: »Mit getragener Wäsche
wird vor allem im Internet schwunghafter Handel betrieben. Annäherung an eine bizarre Geschäftswelt.«

Es folgte der Anfang eines Artikels, in dem von der
Vorliebe für getragene Unterwäsche die Rede war, als
Carola nun mit strenger Miene unmissverständlich
dazwischenfuhr.

»Können wir jetzt bitte mit diesem Thema aufhören?
Das ist nicht mehr witzig. Und nochmals: Es wurde
keine Unterwäsche bei uns gefunden. Und erst recht
keine gebrauchte.«

»Ja, ich finde auch, dass es jetzt reicht. Gregor, bitte!«,
meinte Rosie.

In diesem Augenblick ging die Tür auf und Alyona kam herein. Sie war heute etwas länger im Haus,
da sie die gestern im Duschkopfzimmer begonnene
Reinigung hatte beenden wollen. Zu unser aller Überraschung hielt sie ordentlich zusammengefaltete kleine
Wäscheteile in den Händen, die sie vor uns im Frühstücksraum genüsslich ausbreitete.

»Die zwei Männär, die gestärn in Zimmer 3 warän«,
sagte Alyona. »Sähen Sie, was das warän fur wälchä:
Nicht nur mit Duschkopf wo hinein geschoben, son-
därn auch noch Damenunterwäschä?!«

Gefundener konnte nun ein Fressen für Gregor nicht
sein. Der kurz erhoffte Frieden war dahin. Erst ver-
schränkte Gregor die Hände hinter dem Kopf, dann
griff er mitfühlend nach Carolas Unterarm und sagte:

»Ist das die gesuchte Unterwäsche? Die ist ja tatsächlich Feinripp. Seht ihr? Ist sie gebraucht? Dann könnte

man sie in der Szene gut verkaufen. Aber noch viel interessanter ist die Frage: Wer hat einen Duschkopf wo hineingeschoben?«

Carola hatte nur einen Seufzer übrig.

»Carola! Ich weiß«, setzte Gregor grinsend nach. »Das Thema ist erledigt, ich weiß. Aber jetzt ist die Unterwäsche ja doch da. Und ich finde, ihr müsst die Welt darüber aufklären, wie es in einer Pension zugeht. Welche Konflikte ihr mit den Gästen austragt. Das finde ich total spannend.«

Carola nahm es Gott sei Dank mit Humor. Sie vergrub ihr Gesicht in ihren Händen und schüttelte fassungslos den Kopf.

»Das kann jetzt nicht wahr sein«, seufzte sie in ihre Handflächen.

Alyona schien erst jetzt zu bemerken, dass sie mit der Wäsche in den Händen einen wunden Punkt getroffen hatte. Eben noch hatte sie ihren Auftritt ein wenig genossen. Schnell aber merkte sie, dass es für sie wohl besser wäre, wieder an die Arbeit zu gehen.

»Iechhh lägä Wäschä hierhär.« Sie platzierte die vergessene Unterwäsche auf der Vitrine des Frühstücksraumes.

»Wo haben Sie die Unterwäsche denn gefunden?«, fragte ich noch schnell, bevor Alyona den Raum verließ.

»In Nachtschränkchän!«, antwortete sie und verschwand.

»Simon«, hörte ich da Gregors fordernde Stimme. »Was hat es mit dem Duschkopf auf sich? Bitte erzähl!«

Ich sah Carola an, runzelte hilflos die Stirn und hob ergeben die Schultern. Dann gestand ich die Sache mit dem Duschkopf und Gregor durchfuhr ein Schauer.

»Jesus, Maria«, presste er hervor. »Das gibt es nicht! Ihr kämpft hier an vorderster Front. Was gibt es nur für abartige Gestalten ... auf den Duschkopf gekackt?!«

Ich konnte jetzt nicht behaupten, dass das Thema nach der Unterwäsche nun ein besseres geworden war.

»Wofür steht denn ein zurückgelassener Scheiß-haufen?«, erkundigte sich Gregor. »Beim nächsten Mal bist du's statt des Duschkopfs?«

»Gregor!«, schrie nun Carola aus vollem Halse. »Könntest du bitte!!!«

15. Scarlett und Ondrej

Weder Carola noch ich hatten in unserem früheren Leben Erfahrungen im Umgang mit Personal gesammelt. Wie sich erst später herausstellte, war es nicht von Vorteil, dass wir vom Gästehausbetrieb weit weniger Ahnung hatten als Scarlett und Alyona. In einem schleichenden, kaum wahrzunehmenden Prozess verschoben sich die Machtverhältnisse zu unseren Ungunsten. Gleichzeitig empfand ich gegenüber Scarlett und Alyona eine gewisse väterliche Verantwortung. Denn beide waren sehr viel jünger als wir Gästehausbetreiber und gewährten uns immer wieder Einblicke in ihr Privatleben. Während Alyona oft und gerne von ihrer Tochter und ihrer schwierigen Männersuche mit wechselnden, meist enttäuschenden Kurzbeziehungen berichtete, wussten wir von Scarlett, dass sie mit einem tschechischen Automechaniker zusammenlebte, der sich allerdings auf einem verwirrenden Betätigungsfeld tummelte.

Als mein Auto einmal unerklärlicherweise Kühlflüssigkeit verlor und ich Ondrej um Rat fragte, konnte er nicht helfen. Ihm fehle die Werkstatt dafür und da er im Augenblick ohnehin kein Werkzeug für Reparaturen habe, wollte er die Kühlerhaube erst gar nicht öffnen.

»Wenn mei Ondrej was macht, dann ni so ä Gemuddle, sondern grindlich«, erklärte mir Scarlett. »Un im Ochnbligg arbeided er in keener Wergstadd.«

»Wo denn?«, fragte ich.

»Ma hier, ma dorte«, antwortete Scarlett. »Momendahn fährd'r Gedränge zu de Leude.«

Mit Autos hatte er dennoch zu tun. Denn hin und wieder brachte er Scarlett zur Arbeit – mit stets wechselnden Modellen. Und immer waren es solche der Oberklasse. Stutzig hätte mich auch machen müssen, dass ich ihn nie mit schmutzigen Händen oder in Arbeitskleidung sah. Stattdessen trug er feine Hemden, modische Schuhe und tauschte wie die Autos auch die Sonnenbrillen aus.

Eines Tages erschien Scarlett niedergeschlagen und leicht verängstigt zur Arbeit. Anteil nehmend erkundigte ich mich, was denn los sei. Zunächst mochte sie nicht antworten. Stattdessen begann sie in ihrer unvergleichlich betulichen Art, den Boden zu wischen, und schien kummervoll in einen inneren Monolog versunken. Nach wiederholtem Fragen rückte sie mit ihren Sorgen heraus.

»Ondrej un ich wern bedroohd«, sagte sie. »Un mir draun uns ni mehr heeme.«

»Wie das?« Mein Erstaunen war groß.

Scarlett erzählte, ihr Ondrej würde ja nicht nur Getränke ausfahren, sondern auch Autos kaufen und verkaufen. Derzeit behaupteten zwei sehr unangenehme Kunden, die von ihm einen Mercedes wollten, diesen bereits voll bezahlt zu haben, und weigerten sich, den Restbetrag zu begleichen. Daraufhin habe ihr Ondrej ihnen die Anzahlung zurückgegeben.

»Das Geschäfd is ni zuschdande gekomm«, erklärte mir Scarlett. »Abor die saachn, se wolln ni de Kohle zurügg, sondern de Karre, de se gekooft ham. Un zwar mit dähm ausklamüserdn Rabadd. Die saachn, dass se wissen, wo mir woohn.«

Scarlett sah mich mit Tränen in den Augen an.

»Die bedroohn uns!«, brach es aus ihr hervor. »Ondrej un ich ham Schiss.«

»Wirklich? Gibt es eine konkrete Bedrohung?«, wollte ich wissen, um noch ein bisschen mehr von der Geschichte zu hören, bevor ich eventuell die Polizei ins Spiel bringen würde.

Aber Scarlett hatte nicht viel mehr zu berichten, stattdessen nutzte sie die Gelegenheit und fragte, ob sie nicht zwei, drei Tage lang hier im Gästehaus nächtigen könnten.

Es war Oktober und nicht alle Zimmer gebucht, vom Platz her wäre es schon gegangen. Dennoch wollte ich erst einmal Rücksprachen mit Carola halten. Sie war ähnlich irritiert wie ich, fand aber, dass man Scarletts Wunsch nicht so einfach zurückweisen könne.

Noch am gleichen Tag zogen Scarlett und Ondrej bei uns ein. Entgegen anderen Gästen, die mit Koffern anreisten, brachte Ondrej ein großes Radio mit, und da er keine Reisetasche besaß, Kleider in einem Umzugskarton, sehr viele Manga-Hefte, einen Playboy-Wandkalender und einen stummen Diener. Ferner ein Bügeleisen, eine Langhantel mit diversen Gewichtsscheiben. In einem kleineren Karton trug Scarlett einige Lebensmittel ins Haus: Säfte, Obst, Chipstüten und Bier. Was gekühlt werden musste, wanderte schnell in den Getränkekühlschrank im Bereich der Rezeption.

Nachdem Carola und ich sie zu ihrem Zimmer begleitet hatten, bedankte sich Ondrej mit einem kurzen

Lächeln, dann schloss er die Tür hinter sich und kurz darauf hörten wir den Fernseher laufen. Scarlett hingegen verschwand zu einem ihrer anderen Putzjobs bei einer kinderreichen Familie mit großem Haus.

Es war ein neues Gefühl für uns, als Scarlett zu späterer Stunde wieder unser Haus betrat – nicht, um nach den Putzeimern zu greifen –, sich im Kühlschrank ein Stück Käse holte und mit einem Gruß auf ihr Zimmer ging.

Am nächsten Morgen hatte Alyona bei uns Dienst und wunderte sich über Ondrej, der in Jogginghose, T-Shirt und verwuschelten Haaren zum Kühlschrank an der Rezeption trottete, sich einen Orangensaft schnappte und wieder in sein Zimmer verschwand. Für jemanden, der von zwei dubiosen Gebrauchtwagenkäufern gesucht wurde, machte er einen recht entspannten Eindruck. Ich betrachtete das Schauspiel von der Rezeption aus und fasste gerade den Entschluss, Ondrej ein paar Regeln zum ästhetischen Erscheinungsbild in unserem Haus zu vermitteln, als Alyona mich überrascht ansah und fragte: »Was macht Ondräj hier? Ist Schlafwandälär und sucht Scarlätt? Doch heutä iechhh habä Dienst. Niechhht Scarlätt.«

Ich erklärte Alyona, Scarlett und Ondrej würden für ein paar Tage hier wohnen. Die näheren Umstände verschwieg ich. Es musste ja nicht jeder wissen, in welchen Schwierigkeiten Ondrej steckte.

»Ondräj und Scarlätt wohnen hier? Muss iechhh ihr Zimmär machän?« Empörung stand in Alyonas Gesicht geschrieben.

»Nein, nein«, wiegelte ich beschwichtigend ab. »Dieses Zimmer brauchen Sie freilich nicht zu machen.«

Dann instruierte ich Alyona über die Zimmer, die zu putzen waren, und ging in den Frühstücksraum, wo ich auf Carola traf. Es war zehn Uhr vormittags. Unsere Gäste hatten das Haus bereits verlassen. Carola fragte, ob Ondrej und Scarlett zum Frühstück kämen, wenn ja, würde sie mit dem Abräumen noch warten. Ich sagte ihr, dass ich mal nach den beiden schauen würde.

Ich klopfte an die Zimmertür. Auf ein müdes »Herein!« hin öffnete ich vorsichtig die Tür und sah Ondrej im Bett liegen, vor sich eine Chipstüte, der Orangensaft auf dem Nachtkästchen und seinen Blick auf den flackernden Fernseher gerichtet.

»Hallo«, grüßte er mit einem flüchtigen Blick auf mich und schenkte sogleich wieder dem Fernseher die Aufmerksamkeit.

»Hallo Ondrej«, sagte ich. »Wollen Sie noch zum Frühstück herunterkommen? Wir würden sonst abräumen.«

»Was gibt es?«, fragte Ondrej mit Blick in den Fernseher und der rechten Hand in der Chipstüte.

Mir gefiel nicht, was ich sah und in welcher Rolle ich mich befand. Es kam erstes Unbehagen darüber auf, Scarlett und vor allem diesen Ondrej mit seinen Pascha-Allüren bei uns aufgenommen zu haben.

Ich verspürte keine Lust, die Einzelheiten unseres Frühstückangebots aufzuzählen und erklärte knapp: »Das Übliche! Kontinental.«

»Kontinental? Das ist doch ein Autoreifen!«

»In diesem Fall ist es ein Frühstück.«

»Echt? Ich hab schon gefrühstückt«, ließ mich

Ondrej, den Blick auf den Fernseher geheftet, wissen. »Und Scarlett ist arbeiten.«

»So?«, wunderte ich mich. »Scarlett ist arbeiten? Ich habe sie gar nicht aus dem Haus gehen hören.«

»Frühschicht im Gästehaus Bergblick«, klärte mich Ondrej auf.

Da mein Ärger über die Situation anhielt, fiel es mir nicht schwer, Ondrej in Bezug auf Kleiderordnung und Erscheinen im Flur des Gästehauses ein paar Empfehlungen mit in den Tag zu geben. Ondrej starrte in den Fernseher und sagte: »Okay!« Dann schloss ich wieder die Tür hinter mir.

»Vier Tage, wie vereinbart«, machte ich wenig später Carola gegenüber meinem Ärger Luft. »Dann schmeiß ich ihn raus.«

»Was ist passiert?«, wollte Carola wissen.

»Eben nichts«, sagte ich. »Der liegt in seinem Bett, guckt in den Fernseher und lässt Scarlett arbeiten. Was glaubt der denn?«

»Ist ein merkwürdiger Typ«, stimmte Carola zu. »Auch dieser Autohandel ist mir ein wenig suspekt.«

Meine Benimmregeln für Ondrej hatten zur Folge, dass wir Scarletts Freund überhaupt nicht mehr zu Gesicht bekamen. Wenn er Verpflegung brauchte, schickte er Scarlett. Ansonsten sahen wir Scarlett nicht öfter als zu Zeiten, in denen sie noch nicht bei uns gewohnt hatte. Mir wurde erst jetzt bewusst, wie fleißig sie war, wie vielen Jobs sie nachging und mit welcher Faulheit es ihr Ondrej dankte.

Während Alyona sich nur schwer damit abfand, dass

Scarlett und Ondrej unser Gästehaus nun auch als Teil ihres Zuhauses ansahen, stimmten Carola und ich uns auf eine Härte ein, die wir aufbringen wollten, wenn sich die Situation nicht bald änderte.

Zwei Tage später fiel mir im Flur ein Gemälde ins Auge, auf welchem – durchaus gelungen – eine kleine Kirche in den Bergen abgebildet war. Nur hatte es bisher nicht dort gehangen. Stattdessen fehlte das Bild, welches eine große Mohnblume zeigte. Nach kurzen Überlegungen von Carola und mir kam dafür nur Scarlett infrage, die allem Anschein nach ihr neues Zuhause damit verschönern wollte.

Als ich Scarlett bat, den Bildertausch wieder rückgängig zu machen, postierte sie sich ahnungslos vor dem Gemälde und sagte, dass weder sie noch ihr Ondrej etwas damit zu tun hätten.

Wenig später stellte ich wegen des Bildes daher Alyona zur Rede, die nickte und lachte:

»Ja, schän, niechhht? Hat mein Onkäl gämalt. Ist großär Künstlär.«

»Und wo ist das Bild, das vorher hier hing?«, fragte ich.

»Habä iechhh in Källär. War niechhht schän.«

Nach diesem Geständnis sah ich nun keine unmittelbare Notwendigkeit, die Bilder wieder auszutauschen. Das neue gefiel mir tatsächlich besser und ich merkte, dass es für Alyona eine Möglichkeit war, das Gästehaus nun ihrerseits ein wenig familiärer zu nutzen. Vielleicht schien sie ja ein Gegengewicht schaffen zu wollen zu Scarletts vorübergehendem Einzug.

Insgesamt aber gefiel mir die Entwicklung in unserem Gästehaus nicht und ich wiederholte Carola gegenüber meine Drohung.

»Noch einen Tag, dann sind die wieder draußen!«

Eine Woche später, in der wir Scarlett wenig und Ondrej gar nicht gesehen hatten, erschien es mir an der Zeit zu handeln. Ohne Weiteres hätten wir anreisende Gäste, für die wir das Zimmer wieder brauchten, ins Feld führen können. Aber nein, ich wollte einfach sagen, dass es jetzt reiche und sie jetzt bitte wieder nach Hause gehen sollten. Falls sie weiterhin bedroht würden, wäre die Polizei vielleicht doch der richtige Ansprechpartner. In dieser Unmissverständlichkeit überbrachte ich Ondrej meine Forderung.

»Okay«, gab er lediglich zur Antwort.

Dann stand er vom Bett auf, zog sich an, kramte seine Sachen zusammen, nahm seinen Playboy-Kalender von der Wand, steckte sein Radio in den Karton und räumte seine anderen Sachen in eine weitere Kiste.

Zurück blieb ein übervoller Papierkorb, leere Chipstüten und Chipsreste, leere Bierflaschen und Orangensaftkartons.

Scarlett hingegen irritierte meine strikte Forderung. Sie gab mir zu verstehen, dass sie sich fühle, als würde sie Mördern ausgeliefert werden. Überhaupt schien sie mir verändert. Als hätte diese Woche, in der sie bei uns wohnte, einiges durcheinandergebracht. Vielleicht war sie ja inzwischen der Meinung, dass ihr das Zimmer für den Rest ihres Lebens zustünde?

Jedenfalls litt das Arbeitsverhältnis darunter. Deutlich

kam das zum Ausdruck, als ich sie bat, abschließend ihr Zimmer einer gründlichen Reinigung zu unterziehen. Nachdem sich Scarlett das Zimmer kritisch angesehen hatte, ohne einen Finger krumm zu machen, kam sie zu mir an die Rezeption und kündigte ihren Job. Sie hatte dabei etwas von einem kleinen Mädchen, dessen Vertrauen missbraucht worden war und dem nur der Trotz blieb, sich gegen ein vermeintliches Unrecht zu stemmen.

Etwas später erfuhr ich von Alyona, dass Ondrej und Scarlett nun nicht mehr in Oberammergau wohnten, da sie ihre Wohnung schon seit Längerem untervermietet hatten. Die Welt der Dienstleistung und ihrer Angestellten blieb für uns ein Buch mit sieben Siegeln.

16. Alyona II

Alyona erklärte sich bereit, Scarletts Ausfall aufzufangen, was mehr Arbeitszeit bei uns bedeutete. Etwas aber wunderte mich an ihrer Haltung. War sie noch überrascht darüber gewesen, dass Scarlett kurzfristig bei uns wohnte, erweckte sie nun den Eindruck, als sei Scarletts Fortgang zu erwarten gewesen. Als hätte es im Vorfeld geheime Absprachen gegeben, lief der Betrieb bei uns reibungslos weiter. Alyonas Mehrarbeit bei uns kollidierte zu keinem Zeitpunkt mehr mit anderen Verpflichtungen in ihrem Leben, wie so oft zuvor. Zeitweise hatte ich sogar das Gefühl, dass sie die Arbeit gründlicher und zuverlässiger erledigte. Ungebremst von Scarletts Lethargie legte sich Alyonas Vitalität über unseren Alltag.

Alyonas ausgeweitete Präsenz spiegelte sich auch darin wider, dass ich binnen weniger Tage zwei weitere Bilder ihres Onkels an den Wänden des oberen Flurs fand. Das eine zeigte vor dem Hintergrund schneebedeckter kahler Berge eine Moschee, an der eine kleine Karawane aus fünf Kamelen vorbeizog. Auf dem anderen Bild verrichtete eine leicht bekleidete Wäscherin vor einem Trog ihre Arbeit. Beides Motive, die schwer in unsere alpine Landschaft passten. Aber Carola und ich hatten Angst, Alyona auch noch zu verlieren, deswegen duldeten wir den neuen Wandschmuck.

Die kleinen Tonschalen, die bald darauf auf unseren Frühstückstischen auftauchten, ordnete ich Carolas Gestaltungswillen zu. Erst als Carola mir sagte, dass sie bei der Umgestaltung des Frühstücksraumes gerne gefragt würde, kam uns der Gedanke, dass in Sachen Frühstücksschalen eine fremde Macht im Spiel sein könnte. Angesichts unseres inzwischen sehr überschaubaren Personalpools identifizierten wir Alyona als die einzig dafür Infragekommende.

»Schän, niechhht? Die Schüssäln von Cousän. Iechhh habä sähr künstlärischä Familiä. Will iechhh kein Gäld.«

Dieses Geständnis hatte zur Folge, dass Carola bei nächster Gelegenheit Alyona und mich zu einer Besprechung in den Frühstücksraum bat. Während ich an der Kaffeemaschine drei Tassen Cappuccino zubereitete, nahm Alyona ungewohnt zögerlich Platz. Auf ihrem Stuhl wirkte sie plötzlich in sich zusammengefallen. Mir wurde bewusst, dass ich sie vorher noch nie hatte sitzen sehen und sie ihre Größe wohl überdurchschnittlich langen Beinen zu verdanken hatte. Ihre natürliche Dominanz, die ich ihr immer wieder attestierte, litt unter ihrer geringen Sitzgröße.

Carola erklärte ihr nun, sie möge doch bitte in Zukunft mit ihr absprechen, wenn sie unser Haus mit einem Bild ihres Onkels oder einer Schale ihres Vetters verschönern wolle.

»Gefällt niechhht?!«, erwiderte Alyona irritiert.

»Doch, doch«, entgegnete Carola. »Ich finde die Bilder Ihres Onkels durchaus schön. Aber wie gesagt: vorher eine Absprache. Auch bei den Schüsseln.«

Zwei Tage darauf hing in Zimmer 7 ein Bild mit einem Wüstenmotiv: Auf dem Grat einer Sanddüne sah man neben einem Jeep Menschen liegen, eventuell verdurstet oder von einer feindlich gesonnenen Karawane dahingemetzelt. Die Düne konnte man selbst mit einer gehörigen Portion Fantasie nicht als geologische Eigenheit der bayerischen Alpen durchgehen lassen. Sollte Carola das Bild wirklich durchgewinkt haben?

Schnell aber ahnte ich, dass es dort wieder ohne ihre Einwilligung hingehängt worden sein musste. Carola gegenüber erwähnte ich den neuen Wandschmuck nicht. Sie sollte ihn lieber selbst entdecken.

Scarletts Weggang war für Alyona offenbar der Start-schuss, unser Gästehaus Stück für Stück zu erobern. Was verhalten begonnen hatte, präsentierte uns Alyo-na nun im Rahmen einer dreisten Strategie. Carola scheute sich, Strenge zu zeigen. Wie ich, duckte auch sie sich einfach vor einem Konflikt weg. Wir ließen uns von Alyonas Offensive einschüchtern, denn es fehlte uns an Alternativen. Also ließen wir sie gewähren.

In den folgenden Tagen veränderte sich das Inte-rieur unseres Gästehauses derartig, dass es den Ab-bildungen auf unserem Buchungsportal eigentlich nicht mehr entsprach. Jedes Zimmer schmückte nun ein Gemälde von Alyonas Onkel, wobei mich die breite Palette der Ideen des Künstlers verblüffte. Das Akt-gemälde einer feurigen Zigeunerin gehörte ebenso zu seinem Repertoire wie ein kaukasischer Gebirgszug im Sonnenuntergang.

Auf den Nachttischen gab es weitere Schüsseln und in den Badezimmern aus Sperrholz angefertigte und bemalte Kleenexboxen. Die Schüsseln und Teller von Alyonas töpferndem Vetter hatten eine etwas klobige Funktionalität, die mir gefiel. Hätte ich einen Hund besessen, hätte ich ihm jeden Tag einen neuen Napf vorsetzen können. Die handgestickten Untersetzer für unsere Gläser waren Werke der Schwester von Alyonas Mutter. Die Tischläufer stammten von ihrer Oma. Unbedingt darauf zu achten, bat Alyona, dass man sie nicht beim Frühstücken verunreinige, da sie schwer zu waschen seien. Die Wandteppiche einer anderen Tante waren indes eindeutig hässlich. Und die daran dreist angebrachten Schilder preisten sie als viel zu überteuert aus. Die von ihrem Bruder – der im Gefängnis saß – etwas grob geschnitzten Babuschkas hingegen gefielen mir wieder.

In dem Maße, wie die Dekoration in unserem Haus zunahm, verlor ich mehr und mehr die Kontrolle über unseren Nahrungsmittelbestand. In größeren Mengen verschwanden nun Joghurt, Wurst- und Käseaufschnitt, als würde unser Kühlschrank geplündert. Joghurts, sowohl Natur wie mit Geschmack, kaufte ich fortan in Kleinpaletten, nur um zu beobachten, wie sie trotz joghurtverweigernder Gäste beinahe so schnell weg waren, wie ich sie anschaffte. Anfangs versuchte ich, gegen den mir unerklärlichen Schwund anzugehen und uns so gut es ging schadlos zu halten, indem ich einen Teil der ebenso in Steigenmenge gekauften Äpfel, Birnen und Bananen schnell selbst verspeiste, bevor sie in dunklen Kanälen verschwanden. Bald einsetzende Magenkrämpfe brachten mich aber schnell von meiner Strategie ab.

Es dauerte freilich nicht lange, da dämmerte uns, dass wir einem weißrussischen Tauschhandel aufsaßen. Konfliktscheu verschlossen wir noch eine Weile lang die Augen vor dem Problem, da wir ahnten, am

Ende einer Auseinandersetzung ohne Alyona dazustehen. Doch eines Tages zwang uns der Zufall, Farbe zu bekennen.

Es war ein lauer Tag im Spätherbst, als wir mit Gewalt damit konfrontiert wurden, was uns längst schwante, oder besser gesagt, wir eigentlich wussten. Nämlich, dass wir für das weißrussische Kunsthandwerk, das in unser Haus Einzug gehalten hatte, unfreiwillig und fern jeder Win-win-Situation mit Lebensmitteln und Haushaltswaren zahlten.

Entgegen meiner Gewohnheit kam ich gegen Mittag in die Küche, wo ich meine Lesebrille vergessen hatte. Dort traf ich auf Alyona, die ich, da bei uns nicht viel los war, wieder außer Haus wähnte. Sie stand neben dem Kühlschrank und hatte den Schrank unter der Spüle geöffnet, wo wir unsere Spülmittel aufbewahrten. Auf der Arbeitsfläche sah ich sechs unserer Spülmaschinentabs aufgereiht. In einem Einkaufskorb auf dem Küchenstuhl lagen fünf Naturjoghurts, drei mit Geschmack, fünf Äpfel, drei Bananen, vier Mandarinen, ein Stück Käse und acht Portionen unserer kleinen Frühstücksmarmelade.

»Was machän Sie dänn hier?«, fragte mich Alyona mit verschmitztem Lächeln. Ich entgegnete ihr in einer anfangs unbeholfenen Art, dass sie mir meine Frage nicht vorwegnehmen könne. Da sie mein Gestammel mit dummen Spitzen nicht verstand, wurde ich konkret. Ich zeigte auf die Dinge im Korb und fragte meinerseits.

»Und was machen Sie da?«

In den folgenden Sekunden, die mir wie Minuten vorkamen, zeigte sich, dass Alyona über ein hinterlistiges Waffenarsenal verfügte. Anstatt mir eine Erklärung zu liefern, sah sie mich an und schwieg. Zugleich schloss sie langsam hinter sich die Kühlschranktür und machte einen Schritt zur Seite.

»War offän«, sagte sie. »Niechhht gut für Kühlschrank.«

Juristisch gesehen weiß ich bis heute nicht, ob ich Alyona auf frischer Tat ertappt hatte. Weder hatte sie einen Joghurt in den Händen noch einen der Tabs. Den Korb konnte ich auch nicht eindeutig als den ihren identifizieren, obwohl es keiner von uns war.

Da ich mich hilflos fühlte und ich nicht weiter nachsetzte, sah ich zu, wie sich Alyona langsam ohne Korb und wortlos Richtung Tür bewegte und aus der Küche verschwand. Sekunden später hörte ich die Haustür ins Schloss fallen und blieb mit Alyonas Hinterlassenschaften in der Küche zurück.

Als ich Carola von meinem Aufeinandertreffen mit Alyona erzählte, war uns beiden klar, dass ihr Verhalten Konsequenzen haben musste. Gleich morgen wollten wir Alyona abmahnen und sie bitten, einen Teil der neuen Inneneinrichtung wieder zu entfernen. Außerdem wollten wir ihr unmissverständlich klarmachen, dass sie entlassen werden würde, falls sie ihr Verhalten nicht ändere.

Doch Alyona kam uns zuvor. Nicht nur erschien sie am nächsten Tag nicht zur Arbeit, sie schickte auch keinen Ersatz, keine echte oder falsche Cousine. Stattdessen rief sie an und eröffnete uns, sie werde überhaupt nicht mehr zur Arbeit kommen.

»Aus persänliecchhän Gründän. Ist aber nix gägän Sie. Iechhh habä andärä Arbeit, wo iechhh mähr Geld värdienä.«

»Ja, aber Alyona«, wandte ich ein, »so von einem Tag auf den anderen … und ohne Ankündigung?«

»Tut mir leid, war sähr schän bei Ihnän.«

Am nächsten Tag zeigte sie ihre neue Distanz zu uns, indem sie vorbeikam und nicht ihren Schlüssel benutzte, sondern bei uns klingelte. Als ich die Tür öffnete, hielt sie mir den am Anhänger baumelnden Schlüssel unter die Nase und sagte:

»Iechhh bin mit Auto da. Ist okäy, wänn iechhh Bildär wiedär mitnähmä?«

»Ja, klar«, sagte ich und trat einen Schritt zur Seite. Alyona ging die einzelnen Zimmer ab und sammelte Bilder, Schüsseln, Deckchen, Tischläufer etc. wieder ein und brachte alles ins Auto. Ein Bild und drei Schüsseln ließ sie uns.

»Ist Gäschänk«, sagte sie. »Andänkän.«

Sie war keine Diebin. Das wollte sie mir mit ihrer Geste zu verstehen geben. Ein letzter Akt ihres Tauschhandels. Zum Abschied reichte sie uns die Hand und packte kräftig zu. Entgegen ihrer sonst mitfühlenden Art kümmerte sie sich nicht darum, wer heute bei uns die Zimmer machen würde. Oder morgen. Oder überhaupt in Zukunft. Sie, die sonst bei allen Problemen immer Anteilnahme gezeigt und eine Lösung parat hatte, verwehrte uns ihre Hilfe.

Irgendwas war aus dem Ruder gelaufen.

Als Carola und ich am Abend zum Essen in eine Wirtschaft gingen, war uns klar, dass nun eine andere

Zeit anbrach. Binnen zweier Wochen waren wir ohne Personal und mussten selbst putzen. Hatten wir etwas falsch gemacht?

17. Der Dampfreiniger

Dadurch, dass wir jetzt die Zimmer für die Gäste selbst herrichten mussten, eröffnete sich für uns eine neue Dimension. Der schnelle Weggang von Alyona gab uns nicht die Zeit für ein Casting, um die Nachfolgefrage zu klären. Carola setzte einen Notruf in Richtung ihrer neuen Freundin Katja ab. Diese versprach, nachzudenken und eventuell jemanden zu schicken, wann, wisse sie nicht.

Darauf konnten wir nicht warten. Wir befanden uns im laufenden Betrieb. Nach Abreise der Gäste musste augenblicklich das Zimmer gereinigt und für den neuen Gast bereitet sein. Dazu gehörte Betten ab- und frisch beziehen, Boden saugen und wischen, Gläser austauschen, Dusche, Waschbecken und Toilette reinigen, Handtücher wechseln und allen Flächen wieder zu neuem Glanz verhelfen.

Von meiner kurzen Stippvisite bei der Einführungswoche vor einer gefühlten Ewigkeit war nichts hängengeblieben. Carola steckten ihre anfänglichen Erfahrungen mit der Wäschearbeit noch derart in den Knochen, dass die Sprache sehr schnell auf einen Dampfreiniger kam, der uns entlasten sollte. Wir sahen uns ein Werbevideo über die Handhabe eines solchen Geräts an und waren schlagartig davon überzeugt, dass nur ein Dampfreiniger uns retten konnte.

Meine Faszination über das neu erworbene Gerät und meine Hygienetoleranz prädestinierten mich für den Bereich Böden und Badezimmer, während Carola für die Betten und den Zustand der Ablagen und den

Glanz der Spiegel verantwortlich sein wollte. Alles, was den Wohlfühleffekt betraf, fiel in Carolas Zuständigkeitsbereich.

Trotz meiner Hygienetoleranz wollte ich so wenig wie möglich mit den Oberflächen im Dusch- und Toilettenbereich in Berührung kommen. Genauso wenig wollte ich Gummihandschuhe tragen und für diese Vorgaben erwies sich der Dampfreiniger als die perfekte Wahl. In Kombination mit den kalklösenden Mitteln, die ich mit dem von mir hochgeschätzten Nadelwaldaroma kaufte, versetzte mich der dampfreinigende Prozess in einen nebeligen Märchenwald. Erstaunlicherweise bereitete mir die Arbeit ungeahnte Freude. Unklar blieb, ob die Verbindung von Putzmittel und dem auf die Chemie treffenden heißen Dampf stimmungsaufhellende Wirkung erzeugte. Jedenfalls putzte ich aus Herzenslust vor mich hin. Keine Oberfläche im Badezimmer, der ich nicht mit Dampf begegnete.

Bald merkte ich, dass die Feuchtigkeit nicht nur aus der Düse des Dampfreinigers kam. Das Klima in dem von mir gereinigten Badezimmer hatte nichts mehr mit dem allgemein herrschenden unserer Breiten zu tun, denn neben der Feuchtigkeit war auch die Temperatur um einiges angestiegen. Dazu kam, dass die Handhabung der Dampfbürste, das Auf und Ab der Wischbewegung, auf Dauer recht anstrengend war. Die Innenseiten der Duschwände ließen sich am besten reinigen, wenn ich mich in die Duschkabine stellte bzw. hockte und die Fläche bei geschlossenen Kabinentüren mit dem Dampfreiniger bearbeitete. Bald troff mir der

Schweiß von der Stirn, und meine Kleidung, Jeans und T-Shirt, waren binnen Minuten durchnässt.

Eine dreiviertel Stunde später war das Badezimmer blitzblank. Bevor ich das nächste Zimmer in Angriff nahm, um meine Arbeit fortzusetzen, wechselte ich das T-Shirt und zog mir eine kurze Sommerhose an, um gegen die neuerlichen subtropischen Bedingungen gewappnet zu sein. Carola hörte ich in einem der anderen Zimmer fröhlich summend ein Bett beziehen.

Im Badezimmer von Zimmer 7 merkte ich schnell, dass ich auch mit T-Shirt und Sommershorts overdressed war. Binnen Minuten konnte ich beide Kleidungsstücke auswringen. Zwei weitere Zimmer standen mir noch bevor. Mir würde die Garderobe ausgehen. Nach einer weiteren dreiviertel Stunde war nicht nur das Zimmer 7 fertig, sondern ebenso ich.

Komplett durchnässt setzte ich mich in die Küche zu einem stärkenden Kaffee, als ich ein unangenehmes Augenkratzen bemerkte. Obwohl ich mir ein paar verharmlosende Gedanken machte und mir selbst gegenüber Entwarnung gab, wusste ich, dass es schlimmer werden würde. So wie damals, als ich nach zwölfstündiger Autofahrt vom Atlantik kommend zwar endlich zu Hause war, mir aber aufgrund der Anstrengung eine satte Bindehautentzündung eingehandelt hatte.

Wenn nach zwei Zimmern schon die ersten unangenehmen Begleiterscheinungen zutage traten, würde meine Art der Reinigung schwerlich ein Modell für die Zukunft sein.

Während ich in der Küche meinen Kaffee trank, hörte ich Carola oben weiterhin ihre fröhlichen Weisen summen. Als mein Kaffee geleert war, wechselte ich neuerlich meine Kleidung. In dem von mir erzeugten Klima war die Badehose wohl das Beste. Gegen die Verschlimmerung meiner aufkommenden Bindehautentzündung wappnete ich mich mit der Taucherbrille, die ich im Keller aus einer Truhe hervorkramte. Anstelle der zu meinem neuen Outfit passenden Flossen wählte ich meine Gummi-Clogs. Zu meinem Glück wechselten heute alle Gäste, sodass ich nicht Gefahr lief, mich auf dem Hausflur zum Gespött der Leute zu machen. Es war zwölf Uhr mittags und die nächsten Gäste würden erst gegen drei am Nachmittag eintrudeln.

In Zimmer 5 war das Badezimmer kleiner. Gleich zeigte sich, dass ich bei Vorsichtsmaßnahmen und Bekleidung die richtige Wahl getroffen hatte. Zwar vernebelte der einsetzende Dampf recht schnell das Sichtfeld meiner Taucherbrille, doch dankten mir meine Augen den pfleglichen Umgang. Vermutlich auch, weil ich mich in diesem Zimmer mit dem Putzmittel zurückhielt.

Ich rutschte gerade auf den Knien innerhalb der Duschkabine und bearbeitete dort die Innenseite der Wände, als ich Carola auf dem Flur nach mir rufen hörte.

»Simon, kannst du mal eben kommen? Hier ist der Herr Prinzner, der auf Empfehlung von Katja kommt. Er wollte sich vorstellen, um bei uns als Reinigungshilfe zu arbeiten.«

Mir blieb das Herz stehen, als ich Carola auf dem

Flur in unmittelbarer Nähe vor der Zimmertür mit jemandem sprechen hörte.

»Warten Sie mal, mein Mann ist hier irgendwas am Reparieren.«

Ich war beim Trockenpolieren der Duschwände, als sich Carolas Schritte näherten. Auf keinen Fall wollte ich, dass dieser Herr Prinzner den zukünftigen Chef mit Taucherbrille und Badehose hinter einer Duschglaswand kniend vorfand.

Carola betrat meinen eingenebelten Bereich.

»Simon?«, fragte sie ins Neblig-Feuchte hinein.

Raum für schweifende Blicke gab es nicht. Carola entdeckte mich binnen Sekundenbruchteilen und ihr stockte der Atem. Wegen des salmiakgeschwängerten Klimas und angesichts meiner Erscheinung.

»Herr Gott! Was machst du denn da?«, fragte sie entrüstet.

»Ich putze die Bäder«, antwortete ich.

»Ja, aber …«

Jetzt zeigte sich eine von Carolas besonderen Eigenschaften. Sie war eine Meisterin darin, Situationen binnen Bruchteilen von Sekunden zu erfassen. Sie antizipierte vortrefflich. Sie wusste, dass jetzt nicht der Augenblick für ein klärendes Gespräch war. Die Situation musste bereinigt werden. Sie machte auf dem Absatz kehrt und ging wieder auf den Flur.

»Ich weiß nicht, wo er ist«, hörte ich sie sagen. »Vermutlich einkaufen. Setzen wir uns doch kurz in den Frühstücksraum.«

»Na lassn's. I kimm a ander moi«, hörte ich die sehr

einheimische Stimme des Herrn Prinzner, und Carola fand, dass das eine gute Idee war.

Herr Prinzner musste irgendwas gemerkt haben, denn er kam nicht wieder.

Aber für uns gab es nach der ersten Woche das erstaunliche Resümee, dass sowohl Carola wie auch ich bei unseren neuen Tätigkeiten eine gewisse Befriedigung empfanden. Ein Zimmer wieder bezugsfertig zu machen, hatte was von einem kleinen Neubeginn, dem immer wieder der gleiche Zauber innewohnte. Allerdings machte ich mir Gedanken, ob meine Reinigungsmittel nicht gegen die Chemiewaffenkonvention verstießen.

18. Das Bleibezimmer

Der Reinigungsservice in den sogenannten Bleibezimmern stellte Carola und mich vor besondere Herausforderungen. Im Gegensatz zu den Abreisezimmern mussten wir hierbei mit der augenblicklichen Rückkehr der Gäste rechnen, die eventuell nur mal eben für einen Bummel zu den zahlreichen Souvenirgeschäften aufgebrochen waren. Viel Zeit blieb uns mitunter nicht, um unerkannt für staubfreie Oberflächen, geleerte Mülleimer und gemachte Betten zu sorgen. Carola und mir war es wichtig, dass die Gäste uns nicht putzen sehen durften.

Nach unserer Einschätzung setzten die Gäste es als selbstverständlich voraus, dass wir Personal hatten. Die Intimität eines Zimmers mit den persönlichen Spuren wie Medikamenten, Kosmetika, Bücher oder Zeitschriften war in der Anonymität unbekannter Zimmermädchen gut aufgehoben. Für eine gelöste Atmosphäre zwischen uns Betreibern und den Gästen war es also erforderlich, dass sie nicht wussten, dass wir hinter den Reinigungsarbeiten standen, auch wenn es nur vorübergehend war.

Hier waren also Geschick und rasches Reagieren gefragt. Wir mussten unsere Gäste genau beobachten, um ihr Verhalten zeitgerecht zu antizipieren. Wir durften keiner Täuschung aufsitzen und mussten erkennen, wann sie für einen etwa halbstündigen Bummel in den Ort aufbrachen. Eine halbe Stunde war großzügig bemessen, um ein Bleibezimmer wieder auf Vordermann zu bringen. Aber wir brauchten ein Frühwarnsystem für den Fall, dass die Gäste unerwartet wieder im Haus auftauchten. Außerdem galt es, das Verhalten jener Gäste zu berücksichtigen, die sich morgens noch nicht hatten blicken lassen, mithin einen anderen Tagesrhythmus lebten, und denen man womöglich mit Putzmitteln bestückt im Flur begegnete.

Für dergleichen unliebsame Überraschungen versteckte ich mich hinter der Maske einer weiblichen Putzhilfe – ich zog mir ein altes, weites Kleid von Carola über und verdeckte meinen Kopf mit einem bunten Kopftuch, das seitlich über das Gesicht hinausragte. Der Unterschied zwischen der Reinigung eines Abreise- und eines Bleibezimmers ließ sich somit stets an meiner Kleiderwahl ablesen, einmal so gut wie nackt und das andere Mal fast so verhüllt wie mit einer Burka.

Auf Flur und Treppe bewegte ich mich nur in gebückter Haltung, die verhinderte, dass man mir ins Gesicht sehen konnte. Wie zu reagieren sei, würde jemand mich ansprechen, wollte ich in der jeweiligen Situation entscheiden. Vorsorglich hatte ich mir zwar ein paar von Alyonas weißrussischen Flüchen zurechtgelegt, wollte aber ein Aufeinandertreffen mit Gästen unbedingt vermeiden.

Carola und ich hatten uns darauf verständigt, dass sie sich, während ich in den Bleibezimmern die Arbeit verrichtete, in der Küche aufhielt und nahe am Fenster einen Beobachtungsposten bezog. Beide waren wir mit einem Smartphone bestückt. Sobald Carola aus dem Küchenfenster beobachtete, dass sich ein Gast näherte, blieb genug Zeit für einen warnenden Anruf und einen geordneten Rückzug aus dem Gästezimmer. Der Weg ins rettende Büro im ersten Stock war nicht weit.

Zweimal hatte das Frühwarnsystem in unserer noch jungen Karriere als Zimmermädchen vorbildlich funktioniert. Carola hatte mich aus der Küche angerufen und zurückkehrende Gäste vor der Haustür gemeldet. Schnell hatte ich das schon fertig gerichtete Bett wieder zerwühlt, damit das Zimmer nicht nur halb in Ordnung gebracht aussah. Darauf war ich mit meinem Putzkram ins Büro geeilt und hatte mich totgestellt. Ein anderes Mal hatte ich mich auf den Balkon in Sicherheit bringen können. Peinlich waren da allerdings die Blicke der Menschen auf der Straße, die zu mir, der alten, gebückten Frau auf dem Balkon, heraufsahen.

Doch unser System funktionierte und das Vertrauen darin führte dazu, dass sich bei Carola ein kleiner Schlendrian einschlich, der mich beinahe teuer zu stehen gekommen wäre. Während ich bei den Schilchers, einem Paar aus dem Ruhrgebiet, im Zimmer zugange war, nutzte sie die Zeit ihrer ›Wache‹ für ein Telefonat mit einer Freundin. Im Nachhinein konnte Carola es sich nicht erklären, sie musste wohl für einen Augenblick abgelenkt gewesen sein. Durch das Küchenfenster hätte sie Herrn Schilcher eigentlich bemerken müssen. Aufgeschreckt von dem Geräusch des Schlüssels im Haustürschloss, sah sie ihn aber bereits das Gästehaus betreten und in eiligem Schritt die Treppe hinaufsteigen. Noch das Telefon am Ohr, rief Carola intuitiv: »Herr Schilcher, schon wieder zurück?!«

»Nur was im Zimmer vergessen«, antwortete er.

Um Zeit zu gewinnen, bemühte sich Carola um ein Gespräch. Für den warnenden Anruf war es zu spät, zudem war ihre Freundin in der Leitung. Carola blieb einzig die Lautstärke und eine unmissverständliche Formulierung, die mich warnte.

»Herr Schilcher«, schrie sie ins Treppenhaus. »Bei dem schönen Wetter kann es ja kaum ein Schirm sein, den Sie jetzt aus Ihrem Zimmer holen wollen, oder? Erzählen Sie mal, Herr Schilcher!«

›Erzählen Sie mal‹ war in dieser Situation eine ziemlich missglückte Formulierung. Aber immerhin bewirkte sie, dass Herr Schilcher irritiert auf der Treppe stehen blieb und von oben einen verwunderten Blick auf Carola warf.

»Da gibt es nicht viel zu erzählen«, sagte er und ging nun etwas gemächlicher weiter. »Ich habe meinen Geldbeutel vergessen.«

Doch ich hatte verstanden. Carolas Stimme war bis zu mir vorgedrungen und der Kampf um die Anonymität der Zimmerreinigung war noch nicht verloren. Für den Sprung in den Kleiderschrank allerdings war es zu spät. Außerdem – was wäre gewesen, wenn Herr Schilcher gerade im Schrank nach dem Geldbeutel suchte? Mein falsches Weißrussisch würde nicht ausreichen, um diese Situation zu erklären.

Die Zimmertür war nur angelehnt. Ich zog mein Kopftuch noch weiter ins Gesicht und positionierte mich auf allen Vieren in der Nähe der Tür, um gegebenenfalls so schnell wie möglich aus dem Zimmer stürmen zu können. Ich schnappte mir einen Lappen und wischte auf Knien das Zimmer. Was wohl seltsam anmutete angesichts eines modernen Wischers, der neben mir an der Wand lehnte.

Mein Herz raste. Ich kannte das Gästehaus mittlerweile in- und auswendig. Die Einschätzung der Entfernungen gehörte zu meiner DNA. Umso verwunderlicher, dass die Schritte auf dem Flur nun verklungen waren. Wo war Herr Schilcher? War ich womöglich gar nicht im Schilcher-Zimmer? Er hätte längst das Zimmer betreten müssen.

In meiner Warteposition entstand ein seltsames Zeitvakuum, das sich urplötzlich mit abschweifenden Gedanken füllte. Während ich so in der Verkleidung einer äußerst betagten Version von Alyona auf allen Vieren auf das Erscheinen des Gastes wartete, kamen mir plötzlich Zweifel darüber, ob Carola und ich uns in der Handhabe des Gästehauses noch auf dem richtigen Weg befanden. Ich merkte, dass ich nun schon länger nicht mehr meine Vergleiche zu Roy Black herangezogen hatte, die meiner Tätigkeit im Gästehaus oft eine Orientierung gegeben hatten. Plötzlich hatte ich das Gefühl, dass sich etwas ändern müsse.

Dabei beschlich mich der Gedanke, dass ich mich vielleicht doch im falschen Zimmer aufhielt oder es sich bei dem Rückkehrer gar nicht um Herrn Schilcher handelte, und traf schon Vorbereitungen, mich zu erheben, als die Zimmertür aufging. Noch auf allen Vieren, sah ich vor mir auf ein Paar gut geputzter hellbrauner Halbschuhe. Ich erstarrte und wagte, einem Paria gleich, nicht, meinen Blick zu heben.

»Oh!«, hörte ich über mir die überraschte Stimme von Herrn Schilcher, als ich begann, mit dem Lappen sinnlos den Boden zu polieren. Wie weggeblasen waren meine weißrussisch klingenden Flüche, die ich mir zurechtgelegt hatte.

Stattdessen brachte ich nicht mehr als tierische Laute heraus. Um jeden Preis musste ich verhindern, dass er mich identifizierte. Meine Hände und Knie waren jetzt wie riesige Saugnäpfe, die keine Kraft der Welt vom Boden hätte entfernen können.

Ich spürte die Irritation von Herrn Schilcher über mir. Er machte einen großen Schritt über mich hinweg und murmelte: »Habe was vergessen. Wollte nicht stören, bin gleich wieder weiter.«

Jetzt, da Herr Schilcher mit seinem ausholenden Schritt hinter mir gelandet war und ich vor mir die geöffnete Tür zum rettenden Gang sah, handelte ich blitzschnell. Mit einem krächzenden Laut in der Stimmlage einer hysterischen Frau rappelte ich mich auf und stürmte zur Tür hinaus.

»Ich wollte Sie nicht von der Arbeit abhalten«, hörte ich hinter mir Herrn Schilcher, aber da war ich längst unerkannt den Gang entlang und im Büro verschwunden. Mit wilden Bewegungen riss ich mir Kopftuch und Kleid vom Leib, überprüfte im Spiegel mein wiedergewonnenes normales Aussehen, ließ meinen Atem wieder zur Ruhe kommen und setzte mich an den Schreibtisch.

Wenn Herr Schilcher jetzt aus seinem Zimmer trat, könnte er mich bei geöffneter Bürotür am Computer sitzen sehen, höhere Aufgaben verrichtend. Ich nahm das Telefon und sprach übertrieben laut mit einem Gast, den es nicht gab.

»Nein, tut mir leid, wir haben kein Zimmer mehr frei!«

Besser doch gleich Englisch.

»No, sorry. We have no room available!«

Aus den Augenwinkeln sah ich Herrn Schilcher wieder aus seinem Zimmer kommen. Den Hörer noch am Ohr, trafen sich unsere Blicke. Ich winkte ihm mit der freien Hand zu und beobachtete, wie er irritiert vor seiner Zimmertür stand und mir Zeichen gab, die kein Mensch hätte deuten können, von denen ich aber wusste, dass er bezogen auf mein Alter Ego damit zum Ausdruck bringen wollte, wie er mit der Tür verfahren sollte. Auflassen oder zusperren. Da legte ich die Hand auf das Mikrofon meines Hörers und rief ihm zu: »Lassen Sie ruhig auf, Ihr Zimmer ist in Arbeit. Elena ist nur kurz in den Keller, wenn ich nicht irre.«

Herr Schilcher verstand, winkte mir zu und sagte: »Alles klar!« und strebte schnellen Schrittes der Treppe zu. Erst als die Haustür wieder ins Schloss fiel, atmete ich erleichtert auf.

Nein, dachte ich, so geht das nicht weiter.

19. Der rauchende Gast

Er war ein allein reisender Türke, der zwei Wochen geschäftlich in München zu tun hatte und an seinem freien Wochenende die bayerischen Berge kennenlernen wollte. Herr Bücgür sprach kein Deutsch, dafür ein beinahe unverständliches Englisch, und er rauchte auf seinem Zimmer. Als wir den kalten Rauch am nächsten Morgen bemerkten, war es zu spät, um Herrn Bücgür am Frühstückstisch unmissverständlich mitzuteilen, dass wir ein Nichtraucherhaus waren. Da ich keine Ahnung hatte, ob ich ihn bei seiner Rückkehr antreffen würde, ging ich auf direktem Weg ins Internet und suchte nach Nichtrauchersymbolen, die man auch mit schlechten Englischkenntnissen verstand.

Es gab welche, für deren gute grafische Darstellung man Geld zu zahlen hatte. Ich begnügte mich mit etwas schlechterer Gratisware und druckte sie gleich fünfmal aus. Ich heftete das Symbol einer rot umrandeten sowie durchgestrichenen Zigarette an die Zimmertür unseres rauchenden Gastes und legte den DIN-A5-Ausdruck auch auf sein Nachtkästchen, auf den Schreibtisch, auf den Stuhl und auf sein Bett. Etwaige Zweifel, ich würde das schlechte Bild eines strengen, erzieherischen Deutschen abgeben, schob ich beiseite. Das Problem eines rauchenden Gastes wog viel zu schwer, als dass Carola und ich es auf die leichte Schulter nehmen wollten. Ließen wir Herrn Bücgür weiter rauchen, wäre das Zimmer unter Umständen für eine Woche nicht zu vermieten, da sich der Geruch mit keinem Raumspray der Welt binnen eines Tages besiegen ließe.

Die Pädagogik verfehlte ihre Wirkung nicht. Am nächsten Morgen war Herr Bücgür noch unzugänglicher als ohnehin schon. Nicht nur sprach er kein Wort mit mir, er orderte auch kein Spiegelei wie noch am Vortag. Mir schien, er wolle eigentlich unsichtbar sein, sich aber nicht das Frühstück entgehen lassen. Ich merkte, dass ich ihn in Ruhe lassen musste und nicht an seinem Stolz kratzen durfte.

Das Zimmer aber, in dem ich wenig später als Elena verkleidet meiner Arbeit nachging, war rauchfrei. Die Hinweise lagen ordentlich aufeinandergelegt auf dem Schreibtisch. Doch genau in dem Augenblick, als ich meinen Triumph auskostend mit einer lässigen Handbewegung die Plastiktüte des Mülleimers gegen eine neue austauschen wollte, nahm meine Nase die Spuren des Giftes erneut wahr. Keine Frage, aus dem Spalt der angelehnten Badezimmertür drang kalter Rauch. Als ich sie öffnete, schlug mir die Gewissheit mit Wucht entgegen. Kalter Rauch stand im Badezimmer wie ein schlecht gelaunter Kellergeist. Auf dem Toilettendeckel zeichneten sich verschwommen die Abdrücke von Schuhsohlen ab. Meine detektivische Rekonstruktion des Vorfalls ergab ein eindeutiges Bild des Ablaufes. Da der Gast im Toilettenbereich keines meiner sonst so offensiv verteilten Verbotsschilder vorgefunden hatte, sah er sich wohl im Recht, sich im Badezimmer eine Zigarette anzuzünden. Dass das nicht frei von schlechtem Gewissen geschah, zeigte sich darin, dass er wohl auf den Klodeckel stieg, um den Rauch der Zigarette durch den Abzugspropeller nach draußen zu blasen.

Ich ärgerte mich über den dreisten Gast und wollte ihm zu verstehen geben, dass ich sein Verhalten missbilligte. Eine Maßregelung meinerseits bot sich auch an, da Herr Bücgür nicht über das Buchungsportal gebucht hatte. Er konnte sich mit einer schlechten Bewertung quasi nicht rächen. So brachte ich seine Handtücher in größere Unordnung, als ich sie vorgefunden hatte, rollte sein Toilettenpapier bis auf einen kläglichen Rest ab und nahm ihm die Kleenexbox weg. Desgleichen Duschgel wie auch Bodylotion, die wir im Badezimmer in kleinen Fläschchen gratis zur Verfügung stellten. Genauso hielt ich es mit den Teebeuteln auf seinem Nachttischchen. Herrn Bücgür sollte es merklich an Komfort mangeln. Zum Schluss stellte ich einen seiner Turnschuhe auf den Klodeckel als Botschaft an ihn, dass ich Bescheid wusste.

Am Nachmittag reiste auch Gregor wieder einmal für zwei Tage an. Diesmal alleine. Ich hatte den Verdacht, er brauche Stoff für eines seiner Drehbücher und giere nach einer weiteren Episode aus unserem skurrilen Gästehauskosmos. Eigentlich wollte ich ihm meinen Ärger über Herrn Bücgür vorenthalten.

Zu später Stunde aber, als ich mit Gregor auf ein Bier in der Küche saß und Carola schon nach Hause gefahren war, hörten wir schnelle Schritte die Treppe herunterkommen. Das war nichts Ungewöhnliches. Gäste vergaßen im Auto das Handy oder rauchten vor der Tür eine letzte Zigarette, andere machten einen nächtlichen Spaziergang oder wollten einfach nur noch mal an die frische Luft.

Dass es ein wenig später klingelte und ein junger

Türke im Schlafanzug Einlass begehrte, war dann ein gefundenes Fressen für Gregors Neugierde.

Herr Bücgür sah mich mit ernstem Blick an, hatte ein goldenes Feuerzeug in den Händen, sagte »Sorry« und ging an mir vorbei ins Haus, die Treppe hinauf und verschwand in seinem Zimmer. Gregor verfolgte das Schauspiel in der Küchentür stehend mit offenem Mund, sah mich erstaunt an und schüttelte den Kopf.

»Was war das denn?«, fragte er. »Ein Schlafwandler, der seinen Schlüssel vergessen hat?«

»Das gehört zu einem Überlebenstraining für Manager!«, gab ich zur Antwort. »Er ist zwanzig Kilometer von hier entfernt ausgesetzt worden ohne Geld, nur im Schlafanzug und mit einem goldenen Feuerzeug.«

Das fiel mir spontan ein, weil ich über etwas Ähnliches einmal gelesen hatte, ein Auswahlverfahren für höhere Laufbahnen, das das Überleben in der Natur zum Inhalt hatte.

»Du verarschst mich.«

Da ich wusste, dass ich Gregor nicht lange standhalten würde, beichtete ich meine Flunkerei und erklärte ihm unsere Probleme mit Herrn Bücgür und meine Strategie des Komfortentzugs bei einem Gast, der nicht unmittelbar die Macht der Bewertung besaß.

»Und warum sagst du ihm nicht einfach, dass er im Haus nicht rauchen darf?«, fragte Gregor.

»Das hatte sich bisher nicht ergeben«, erwiderte ich. »Carola und ich setzen in diesem Fall auf die Kraft der Erziehungsmaßnahmen.«

Ich hatte das Bild eines gemäßigten Politikers vor Augen, dessen Worthülsen ich nun ausfüllte.

»Aber wir haben nicht oft solche Fälle!«, setzte ich nach. »Meistens gibt es keine Probleme.«

»Und wie erklärst du das jetzt?«, wollte Gregor wissen.

Mittlerweile waren wir beide wieder in die Küche zurück und hatten uns vor unser Bier gesetzt, ich noch mit einem Ohr auf Geräusche im Oberstock lauschend, ob sich dort Verdächtiges rührte. Aber niemand sonst schien vom nächtlichen Türklingeln gestört worden zu sein. Ein paar leise Schritte noch, eine Klospülung, dann herrschte im Haus Ruhe.

»Na?«, fragte Gregor nach. »Was hat es mit diesem Überlebenstraining auf sich?«

Ich zuckte die Schultern, ich hatte ja selbst keine Ahnung.

»Er wird wohl kaum im Schlafanzug und ohne Schlüssel vor der Tür geraucht haben«, schätzte ich die Lage ein. »Was ich weiß, ist, dass er im Badezimmer vor dem Abzugspropeller raucht. Dafür muss er auf den Klodeckel steigen.«

»Ach ja?« Gregor tat überrascht. »Aber was kann da passiert sein. Er hatte doch jetzt sein goldenes Feuerzeug in der Hand, oder?«

Ich nickte und grübelte jetzt darüber, was geschehen sein könnte.

»Vielleicht ist er diesmal nicht in Schuhen auf den Klodeckel«, mutmaßte ich. »Vielleicht auf Socken. Er könnte abgerutscht sein.«

»Wie kommst du darauf?«, Gregor rutschte auf seinem Stuhl unruhig hin und her und landete mit dem Hintern vorne auf der Stuhlkante, den linken

Ellenbogen auf den Tisch gestützt. Er kam mir Interesse bekundend nahe und erinnerte an die Aufdringlichkeit von Markus Lanz. Er nickte jetzt genauso grinsend wie der Fernsehmoderator. »Hast du ihm eine Falle gestellt?«

»Ich hatte ihm einen Schuh auf den Klodeckel gestellt, zum Zeichen, dass ich weiß, was er macht und es missbillige.«

»Interessant!« Gregor fuchtelte jetzt mit dem Zeigefinger seiner rechten Hand in der Luft herum.

»Vielleicht ist er abgerutscht«, sagte er im Ton einer tiefschürfenden Überlegung, ohne darauf einzugehen, dass ich eben schon diese Vermutung geäußert hatte. »Aber was ist dann passiert? Auf dem Klodeckel ausrutschen, ist noch kein Grund, nachts im Schlafanzug ohne Schlüssel aus dem Haus zu rennen.«

»Nehmen wir an, er rauchte im Stehen auf dem Klodeckel und pustete den Rauch aus dem laufenden Propeller …«, setzte ich zu einer Erklärung an.

»Ja, ja, ja«, bestätigte Markus Lanz ungeduldig nickend. »Mach weiter.«

»… ohne Schuhe ist er kleiner, er ist auf die Zehenspitzen und dann abgerutscht.«

Gregor richtete in einer Geste einer ganz neuen Erkenntnis den Zeigefinger auf mich.

»Er drohte zu fallen«, sagte er jetzt im Ton eines Tatortermittlers. »Wer fällt, hält sich instinktiv fest. Wonach kann er denn greifen, wenn er auf dem Klodeckel steht. Dem Duschkopf?«

Ich schüttelte den Kopf.

»Nein«, sagte ich. »Der ist zu weit weg. Wenn er den

erwischt, ist es um ihn schon geschehen. Und um unser Badezimmer auch.«

Gregor erhob sich von seinem Stuhl und begann, die Hände hinter dem Rücken verschränkt, in der Küche auf- und abzuschreiten. In dem Augenblick war es, als hätten wir die ›SOKO Schlafanzug‹ gegründet und stünden mit unseren Ermittlungen kurz vor dem Erfolg.

Nachdem Gregor ein paar Mal durch die Küche gelaufen war, blieb er plötzlich stehen und fragte, ob sich denn alle Zimmer im Gästehaus gleichen würden, ob das Bad seines Zimmers, in dem er untergebracht war, identisch sei mit den anderen Badezimmern.

»Nein«, antwortete ich. »Dein Badezimmer ist das einzige mit einem Fenster. Die anderen haben einen Lüftungsrohr nach außen mit einem Abluftpropeller.«

Dann erklärte ich Gregor, dass im Badezimmer von Herrn Bücgür die Innenabdeckung des Abluftpropellers fehle. Sie sei schon seit geraumer Zeit bestellt, aber bislang nicht geliefert worden. Dort oben, wo er den Rauch ins Freie geblasen hatte, gab es also ein Loch in der Wand, in das eine Halt suchende Hand durchaus hineingreifen würde. »Vielleicht hatte er sich beim Abluftpropeller festgehalten«, mutmaßte ich.

Georg sah mich mit einem triumphierenden Grinsen an und nickte eine paar Sekunden wortlos vor sich hin.

»Genau«, entgegnete er dann und seine Gesichtszüge erhellten sich. »Und kein Gitter davor?«

»In seinem Zimmer nicht. Wie gesagt: Das ist bestellt.«

Da klatsche Georg entschieden in die Hände.

»Dann ist alles klar«, triumphierte er. »Er hat sich dabei einen Finger abgetrennt und ihn draußen gesucht. Fehlte ihm ein Finger, als er durch die Tür rein ist?«

»Nein«, sagte ich. »Ist mir nicht aufgefallen. Auch keine Blutspur.«

Unsere Gedankengänge führten jetzt zu weit, aber ich merkte, wie ich meinen Kopf jetzt mehr und mehr anstrengte, um ernsthaft hinter die Geschehnisse zu kommen.

Denn tatsächlich: Wenn der rauchende und abrutschende Herr Bücgür mit einem schnellen Griff dort oben am Propellerloch nach Halt gesucht haben sollte, um nicht aufs Waschbecken zu stürzen oder durch die Duschwände zu brechen, dann hätte er sich nur festhalten können, wenn die Hand frei war. Da er aber vorhin mit seinem goldenen Feuerzeug in der Hand ins Haus kam, war zu vermuten, dass er es auch beim Rauchen in ihr hielt, es bei seinem schnellen, rettenden Zugriff aber losgelassen und unbeabsichtigt durch die Lüftungsöffnung nach draußen geworfen hatte. Ja, dachte ich nicht ohne einen gewissen Stolz. So muss es gewesen sein.

Ich schilderte Gregor meine Gedankengänge und er bestätigte.

»Na klar!« Er schnippte mit den Fingern. »Fall gelöst! Und glaub mir: Diese Peinlichkeit wird ihm eine Lehre sein.«

»Ja«, sagte ich. »Doch … Warum hatte er keinen

Schlüssel bei sich? Wenn jemand aus dem Haus hier geht, dann hat er den Schlüssel dabei.«

»Ja, komisch«, antwortete Gregor. »Das wird wohl nie aufgeklärt werden. Vielleicht war hier das Unterbewusste am Werk. Wer sich im Schlafanzug fortbewegt, denkt nicht an einen Schlüssel. Da ist vielleicht die ganze Welt irgendwie Schlafzimmer. Könnte doch sein.«

Wir sahen uns zweifelnd in die Augen und glaubten beide nicht an Gregors Theorie. Aber der Fall war dennoch gelöst.

»Noch'n Bier?«, fragte ich und merkte, wie frei und gelöst ich mich fühlte.

»Noch'n Bier«, bejahte Gregor.

Am nächsten Morgen, Gregor schlief noch, kam ein seltsam gefasster Herr Bücgür in den Frühstücksraum, bestellte bei Carola ein Spiegelei und teilte uns mit, dass es ihm bei uns sehr gut gefallen habe. Dann bezahlte er, lud im Hof seinen Rollkoffer ins Auto und fuhr davon.

Kaum war er ums Eck, eilte ich hinauf in sein Zimmer, dessen Fenster offen standen und frische Luft hereinließen. Wie ein Hund schnüffelte ich in den Raum. Keine Rückstände von Rauch und auch in der Toilette wies nichts auf einen Raucher hin. Die Nichtraucherhinweisschilder lagen unverändert sauber gestapelt auf dem Schreibtisch. Als sei nichts gewesen.

20. Pension impossible?

Wir suchten weiter nach einer Hilfskraft. Wir gingen dabei von einem ähnlich unkomplizierten Verhältnis aus, wie wir es mit Scarlett und Alyona lange Zeit gehabt hatten. Entsprechend einfach fiel unser Inserat aus: »Gästehaus sucht Reinigungshilfe«.

Wie sich bald herausstellte, war die hiesige Hoteldichte für unser Anliegen von Nachteil. So gut wie alle infrage kommenden Kräfte gingen bereits einer Beschäftigung nach. Die Jungen, Fleißigen und Motivierten.

Das war wohl der Grund, weshalb sich auf unser Inserat im hiesigen Anzeiger hin lange nichts tat. Schließlich stellte sich eine übergewichtige ältere Dame bei uns vor, die sich, kaum war sie zur Tür herein, erst einmal setzen musste. Sie habe Schwierigkeiten mit ihrem rechten Bein, erklärte sie, was aber nur vorübergehend sei.

Vom Gefühl her waren Carola und ich gleich gegen die Bewerberin eingestellt, dennoch räumten wir Frau Siegl einen Probetag ein, eventuell auch einen zweiten. Womöglich eine schlechte Idee, mit einem zweiten Probetag könnte sie sich mit einem Bein, vermutlich dem gesunden, in der Komfortzone einer Anstellung wähnen.

Zu ihrem Missfallen waren die meisten Gästezimmer im ersten Stock und wir hatten keinen Lift. Nachdem sie am ersten Tag leider nicht unter den Betten wischen konnte wegen spontaner Schwierigkeiten beim Bücken und auch nicht an ein Spinnweb in der oberen Ecke kam, wollten wir es dann doch bei dem einen Probetag bewenden lassen. Carola und ich fühlten uns in einer Zwickmühle und wussten nicht recht, wie wir uns aus der Affäre ziehen sollten. Menschenfreundlich, wie wir waren, wollten wir einer Übergewichtigen mit kurzfristiger körperlicher Einschränkung keine Absage erteilen, die genau diese Einschränkung zum Grund hatte. Erfreulicherweise erlöste uns Frau Siegl aus dem Dilemma nach dem ersten Probetag mit einer SMS, in der sie kundtat, dass die Arbeitsstelle nicht ganz ihren Vorstellungen entspreche; Treppensteigen sei ihre Sache nicht.

Wenige Tage später durften wir noch eine zweite Interessentin empfangen. Frau Mayr fragte als Erstes nach Urlaubsgeld und dem dreizehnten Monatsgehalt und erklärte uns, dass sie unbedingt eine Vollzeitstelle wolle mit Überstundenmöglichkeiten, eventuell, um die Wäsche oder das Frühstück zu machen oder bei der Buchführung auszuhelfen. Da wir mit unserem Unternehmen nicht ins Minus geraten und auch gerne selbst noch den einen oder anderen Handgriff leisten wollten, kam auch diese Bewerberin nicht infrage.

Also vorerst keine Hilfskraft.

Jedes Mal, wenn ich mich in der Folgezeit für die Arbeit in den Bleibezimmern in Carolas altes Frauenkleid zwängte, sagte ich mir, es müsse sich etwas ändern, denn längst war die Romantik der ersten Tage dahin. Auch Carola ließ nach unserer erfolglosen Suche nach Hilfskräften den Kopf hängen. Ohne Personal fühlten wir uns überfordert. Der geeignete Ort, um über unser Leben nachzudenken, war das Wirtshaus.

Der Dorfwirt bei uns zu Hause war abends gemäß dem Trend des Wirtshaussterbens schlecht besucht. Lediglich am Stammtisch nahe dem Ausschank saßen ein paar Gestalten. Die einen mit Hut auf dem Kopf, andere ohne, jeder aber hatte ein Bierglas vor sich, dem er mit Freude zusprach. Bayerisches Palaver schwebte über dem Stammtisch. Beim Betreten des Gastraums drehten sich die Köpfe nach uns um, ein paar von ihnen nickten uns auch zu, denn nach all unseren Feierabendbieren vergangener Tage war ihnen unser Anblick halbwegs vertraut.

»A Helles und a Weißbier?«, fragte gleich darauf Resi, die hier bediente und unsere Vorlieben kannte.

Wir nickten zustimmend und ich freute mich nach einem anstrengenden Arbeitstag, den ich größtenteils unter den klimatischen Bedingungen des Dampfreinigers verbracht hatte, auf ein kühles Bier.

Carola war es, die anfing, von ihren Zweifeln zu berichten, die sich von Tag zu Tag steigerten. Sie sei sich nicht mehr sicher, ob wir die Sache mit dem Gästehaus fortführen sollten. Die viele Arbeit, das fehlende Personal und die Qualität der Bewerberinnen bestärkten sie in ihrem Zweifel. Ihr schien kein guter Stern über unserem Abenteuer zu stehen. Ich nickte und dachte an mein Spiegelbild, dem ich heute Vormittag im Spiegel unseres Flurschranks begegnet war. Das Zerrbild eines Mannes in Frauenkleidern, der einen Dampfreiniger hinter sich herzog und mit einer Vielzahl von Reinigungsflaschen jonglierte. Ich hatte mir für meine älteren Tage auch etwas anderes vorgestellt.

»Willst du aufhören?«, fragte ich Carola und hielt ihr auffordernd mein Glas in die Höhe, um mit ihr anzustoßen. »Das Haus wieder verkaufen? Wir sind erst im zweiten Jahr.«

Carola seufzte und wir tranken jeder einen Schluck.

Als sie das Glas absetzte, verdrehte sie resigniert die Augen und seufzte: »Ich hatte es mir anders vorgestellt. Schöner. Wir in unserer gemütlichen kleinen Pension mit netten Gästen.«

Sie schüttelte den Kopf. »Es ist so ganz anders gekommen. Auch wir sind anders geworden. Wir sind nicht mehr die, die wir waren, als wir angefangen haben.«

»Stimmt«, sagte ich. »In Frauenkleidern bin ich mir fremd.«

»Ich glaub, ich mag nicht mehr«, stellte Carola resigniert fest. »Immer nur schuften.«

Wir sprachen leise, obgleich die Akustik des lebhaften Stammtisches ohnehin alles übertönte. Aber ein zwischenzeitlicher Stimmungsabfall bei den Einheimischen bewirkte, dass es mit einem Male ruhig war in der Gaststube. Unsere Worte blieben damit nicht mehr so ungehört wie eben noch. Die Gästehausthematik war für einen kurzen Augenblick kein Geheimnis. Da wandte sich ein Gesicht vom vorübergehend sprachlosen Stammtisch zu uns. Ein Lächeln, ein Nicken. Und schon folgten die Worte.

»Ihr seids doch von Ogau drüben. Habts a Gästehaus, oder?«

Auf keinen Fall wollte ich das Thema mit diesen Herrschaften beackern. Am liebsten hätte ich mich unter dem Tisch versteckt. Carola aber witterte schon wieder volksnahe Verbrüderung, die sie liebte.

»Ja, richtig«, sagte sie.

Da wandten sich uns auch die Köpfe und Blicke seiner Kumpane zu.

»Und? In a paar Jahr is Passion? A Spezl von mir hat aa a Gästehaus. Der hat gsagt, er gfreit sie scho jetzat drauf.«

Glasige Augen hatten sie alle. Der Sprecher aber hatte noch einen gezwirbelten Bart, an den man gut auf jeder Seite einen Hotelschlüssel hätte hängen können.

»Da wird a Haufa Geld verdient«, warf darauf einer ein. »A halbe Million in oana Saison.«

»Aber auch viel Arbeit«, ergänzte sein Nachbar. »Bis zum Zusammenbruch. Aber mei, san halt Leidensspiele, Hauptsach der Rubel rollt. Oder besser: der Dollar.«

Da schaltete sich ein weiterer ein: »I hob ghört, dass der gläubige Amerikaner, der Hauptkunde, ausstirbt und dass des a Problem sei kannt?«

»Ich weiß nicht«, sagte ich und zuckte mit den Achseln. »Ist noch ein bisschen früh für ein abschließendes Urteil.«

Doch schnell gingen meine Gedanken zurück zu der verheißungsvollen Prognose. Eine halbe Million – so deutlich hatte das noch niemand gesagt. Mir kam wieder der Kreditkartenarm in den Sinn. Sollten wir vielleicht doch durchhalten?

»Und habts ihr auch gnug Kreditkartengeräte?«, fragte da der Erste wieder, als hätte er meinen Gedanken gelesen. »Der Amerikaner zahlt nicht bar. Der zahlt nur mit Karte, da laufa gern die Geräte hoaß. Ihr könnts ja das Dreifache von de Zimmer verlangen in der Passion, oder? Ihr habts a Goldgrube, wissts ihr des?«

Nein, das wussten wir nicht. Und es fühlte sich auch nicht danach an. Aber zu hören, dass andere uns beneideten, und die Aussicht, bei den Passionsspielen eventuell doch viel Geld zu machen, gefiel uns.

Das Gespräch ging noch eine Weile hin und her. Dann bestellten Carola und ich etwas zu essen, und eine gute Stunde später waren wir wieder zu Hause. Der Aufenthalt im Wirtshaus aber wirkte noch eine Weile stimmungsaufhellend nach.

Am nächsten Tag schritt Carola beim Reinigen so forschen Schritts durch die Zimmer, wie es schon lange nicht mehr bei ihr geschehen war. Und auch ich verfiel in meiner Dampfreinigerwolke in fröhliche Melodien, die ich vor mich hin summte, so wie es in einer Duschkabine oft Brauch ist.

Wir hatten noch nicht darüber gesprochen, aber es war zu spüren, dass sich der Wirtshausbesuch am Vorabend positiv auf uns ausgewirkt hatte. Carola und ich fühlten uns wieder motiviert.

Wir waren beide in Zimmer 4. Während ich halb nackt in der Duschkabine meine Arbeit verrichtete, schwelgte Carola beim Staubwischen in Gedanken. Sie malte sich wohl aus, wie man das Haus bis zur Passion verändern könnte.

»Ich werde mal einen neuen Sessel für Zimmer 4 bestellen«, sagte sie. »Der alte hier hat ausgedient. Bei der Passion soll das Haus einen guten Eindruck machen.«

Ich stellte den Dampfreiniger aus und kam aus der Duschkabine. In Badehose baute ich mich vor Carola auf, schob meine Taucherbrille auf die Stirn, nickte und fragte: »Halten wir durch bis zur Passion? Halbe Million?«

Carola grinste.

»Na ja«, meinte sie. »Eine halbe Million wird es nicht sein. Aber es wäre schon interessant, diesen Trubel mal mitzumachen. Vielleicht finden wir ja doch noch gutes Personal. Wir müssen halt weitersuchen.«

»Vielleicht hast du recht«, sagte ich. »Sobald wir jemanden gefunden haben, wird es auch wieder erträglich. Und auf die Passion hätte ich Lust.«

Ich ging wieder in meine Duschkabine, stellte den Dampfreiniger an und spürte beim ständigen Drücken des Hebels, dass sich bei mir allmählich ein Dampfreinigerarm herausbildete. Aber was machte das schon? Ich hatte ja meine Salbe.